Paul Gisi
Rabuzzinzeleien
Briefe an Ludwig

Bibliographische Information der Deutschen Nationalbibliothek. Die Deutsche Nationalbibliothek verzeichnet
diese Publikation in der deutschen Nationalbibliographie,
detaillierte bibliographische Daten sind im Internet über
http://dnb.dnb.de abrufbar.

© 2023 Autor: Paul Gisi, op. 136
Umschlagbild Ludwig Weibel
Herstellung und Verlag:
BoD – Books on Demand, Norderstedt
ISBN 9783738602081

Paul Gisi

Rabuzzinzeleien

Inhalt

Wenn der Safranfink singt
5

Das Backbordlicht meines Lebens
35

Sternenstaubwinde
65

Erhellungen
91

Mit dem Wissen des Schilfrohrs
117

Wurzlige Erinnerungen
in den Flammenarmen der Sonne
143

Gegensatzfascinosum
185

Wenn der Safranfink singt

Lieber Ludwig

Als ich gestern an Marcos Haustüre läutete und die Türe ging auf, war ich zwei Sekunden sprachlos, ich erkannte ihn kaum, er war so schön wie ein Engel, erst als er lachend auf mich zukam und mich umarmte und «Paul» sagte, lachte ich auch, umarmte ich ihn innig sehr fest und sagte «Marco». Es war ein Sternenglückaugenblick, wie ich ihn noch nie erlebt habe.

Seit meinem Besuch bei ihm schrieb ich bloss *ein* Gedicht, ich bin so «übervoll» von meinem geliebten Freund Marco.

Hier:

Wie leicht
dein Körper ist
ruhig atmend
handinhand
wenn der Safranfink singt
der Fliederbartwels lacht
und wir uns s e h e n

Gute Nacht, Ludwig.

Liebe Grüsse

Paul

Lieber Ludwig

Nächsten Sonntagnachmittag gehe ich zu Marco, wir freuen uns beide sehr.

Ich teilte das Marcel mit und sagte ihm, mich würde es riesig freuen, wenn er mitkäme. Marco äusserte sich schon mehrmals, er würde Marcel gern kennen lernen. (Jetzt sagte ich Marco noch nichts, ich muss das nicht «anmelden», ich weiss, Marco würde sich einfach freuen.) Marcel äusserte sich dazu noch nicht. Hoffentlich kommt er mit! Wäre doch schön.

Jetzt lese ich «Schau heimwärts, Engel!» von Thomas Wolfe (Erstlesung Mai 1971, ich erinnere mich daran.) Dieser Roman ist genial, mitreissend, aufwühlend, gehört zu den besten Romanen der Weltliteratur.

Ich hoffe, es geht Dir gut, Ludwig.

Herzlich grüsst

Paul

Sich im Schlaf
umschlingen
sich im Wachsein
umschlingen

Wie ferne Gongschläge
wiegen sich
Sumpfdotterblumen
im Traum

Mit dir
bin ich

im Gleichgewicht
es ist
nicht vorgesehen
daraus herauszufallen

Lieber Ludwig

Ich habe wiederum begonnen, Thomas Wolfe zu lesen, eine grosse Liebe aus meinen jüngern Jahren. Wolfe war ein Titan, ein Genie, 37-jährig gestorben. Bevor ich seine monumentalen Romane vornehme, vertiefe ich mich in seine leidenschaftlichen Briefe. Was für eine herrliche, mitreissende, aufschäumende Leseerregung.

Ich freue mich riesig über unser neues Briefbuchprojekt. Ich bin sprachlos vor Glück. Das ist einfach fantastisch!

Du hast gewiss schon manche Überlegungen als Vorgaben dazu angestellt, ich bin gespannt. Wolltest Du ein Vor- oder Nachwort schreiben, so wäre mir das freudig genehm. (Ich selbst sehe davon ab.)

Ich hörte heute viele Stunden lang Messen von Haydn. Meine Seele braucht sie. Körperlich bin ich etwas auf den Hund gekommen, macht nichts, das Lyrisch-Schöpferische steht in meinem Lebenszentrum, und das zählt!

Manche Briefe von mir an Dich sind möglicherweise wie ein Feuerwerk. Jetzt fühle ich mich wie eine ausgebrannte Tischbombe.

Ich wünsche Dir eine ganz gute Nacht.

Herzlich grüsst Paul

Du bist
so schön
auch durch
Tränen hindurch
gesehn

Lieber Ludwig

Den ganzen Nachmittag war ich bei Bettina und Marco, ich taumle vor Freude. Diese Stunden berührten den Himmel. Auch Bettina zeigte mir ihre Liebe zu mir, und Marco ist einfach grossartig, wie er mit kleinsten Zeichen, wenigen Worten und sanften Berührungen mich aus dem Häuschen bringt...

Bettina schenkte mir einen Stein, den sie für mich bemalt hat: ich bin bereits verliebt in dieses Bild (es stellt mich dar, wie sie mich in den Träumen sieht: ein liebenswert alter pfifiger, pfeiferauchender Mann, der verklärt nach innen schaut ...) Ich lege das Bild bei.

Am 22. Juli heiraten Marco und Bettina, sie wollen abends nur ein paar nächste Menschen, bin eingeladen, doch ich lehnte ab, ich gehe an keine Hochzeiten. Sie verstehen und respektieren das. Am Hochzeitsabend zuvor werde ich sie kurz besuchen und ein Bilderrahmengedicht schenken.

Ich habe es bereits gestaltet, ich zeige es Dir, Ludwig, dann, wenn es soweit ist.

Menschen, liebt euch, liebt euch, liebt euch hemmungslos grenzenlos ekstatisch – doch bei «Hochzeiten» habe ich ein etwas beelendendes flaues Gefühl, das mich abhält, zu einer Hochzeit zu gehen. Marco und Bettina verstehen mich; Marco sagte: «Paul, ich hab dich gern, so wie du bist.» Das alles ist schon ein Glück!

Marco und ich haben längst abgemacht, dass wir immer ehrlich zueinander sind, das zählt!

Einmal heute nahm Marco meine Hand und sagte einfach: «Paul». Ein Freundschaftsliebesglück!

Bettina und ich sassen uns am Tisch gegenüber, da stand sie einmal auf, kam zu mir, umarmte mich und sagte: «Schön, dass du da bist». So spontan.

Es war eine Harmonie unter uns dreien.

Beide sagten, ich solle doch mal Marcel mitbringen. Ich sagte das Marcel, da flackerte es ängstlich-unruhig in seinen Augen und er sagte: «Ich weiss doch nichts zu sagen.» Das schmerzte mich, Marco und Bettina würden ihn liebend als meinen Freund aufnehmen, sie sind so unkompliziert. Mal schauen! Und Marcel versteht doch so gut zu plaudern, sofern «die Sternkonstellationen stimmen».

Ach, ich bin so Marco-voll!

Dir, Ludwig, liebe Grüsse, sehr dankbar für alles, was Du für mich machst.

Herzlich grüsst

Paul

Lieber Ludwig

Bevor ich heute nach Mörschwil dampfe und das stupide Gemeindeinformationsblättchen korrigiere, schicke ich Dir mein Textelchen «Abgründe», das soeben aus meiner Feder geflossen ist.

Mein neuer Lüürickband hat ein paar wichtige, schöne Farben und Formen, Tremolos, Orgelwiderhalle, Wühlmausträume, graublaues Zwergfalkengefieder, Liebeslichtglänzendes, Klippenfelsiges gewonnen.

Das ganze Universum steht mir im Grossen wie im Kleinen zur Verfügung, um davon zu singen. Ich kann nur zugreifen.

Ich wünsche Dir eine gute Woche, Meister.

Paul

L.

Die Hinter-, Vorder-, Neben- und sonstigen allerlei Beweggründe blieben Abgründe, obwohl zu sagen nicht ganz vergessen werden dürfte, dass es niemandem klar wurde, warum dieses aufkommende Chaos sich nicht verhindern liess, da die Situation für L. eigentlich als gefestigt hätte betrachtet werden können, es war nicht daran zu denken, dass es Brenzligkeiten, Verfänglichkeiten, Fatalitäten, die nicht zu überblicken und zu meistern gewesen hätten sein können, unvorhergesehener Grösse auftauchten, im Nu sah sich L. Inkommensurabilitäten gegenüber, die ihn anfänglich baff werden liessen, da er es gewohnt war, innerhalb gewisser Gesichertheiten zu leben und zu denken, doch da es nun schien, dass eigentlich alles, was ihm einst lieb war, ins rumplige Rumoren sich nicht mehr rückveränderbar umgestaltet hatte, sagte sich L., das ist aber eine Sache und gar nicht so schlecht und trottete vergnügt weg!

Lieber Ludwig

Ich lese vorwiegend Lyrik, Prosa zu lesen fällt mir mehr und mehr schwer.

Jetzt lese ich intensiv, vertieft wiederum Fernando Pessoa. Er schrieb unter verschiedenen Heteronymen (z. B. Alberto Caeiro, Ricardo Reis, Alvaro de Campos und eben Pessoa; Pessoa bedeutet im Portugiesischen so viel wie «Person, Maske, Fiktion, Niemand»). Unter dem Namen Pessoa schrieb er «Das Buch der Unruhe des Hilfsbuchhalters Bernardo Soares», unter den Heteronymen Gedichte und Oden. Unter jedem Dichternamen schrieb Pessoa je ganz anders charakterisierte Dichtungen, und alles hatte Weltgeltung!

Pessoa wurde in Lissabon geboren, wuchs in Südafrika auf, lebte dann aber meist in Lissabon. Geboren 1888, gestorben 1935.

Ich habe schon sehr viel von ihm gelesen, auch «Schriften zur Literatur, Ästhetik und Kunst». Zudem eine umfangreiche Biografie. Sein «Buch der Unruhe», 550 Seiten, ist ein Schlüsselwerk für die Literatur des 20. Jahrhunderts. Pessoa ist eine der schillerndsten Gestalten der Literatur. Seine Devise war: «Sei vielgestaltig wie das Weltall!»

Liebe Grüsse Paul

Lieber Albertulus,
ALBERT LE GRAND

ich danke Dir besonders für Deine Fotos von Deinem 70. Geburtstag, sie interessierten mich und haben mir gut gefallen. (Leider kenne ich das Datum Deines Geburtstags nicht, teile es mir bitte mit.) Ein bisschen zeitunabhängig (so bin ich halt) wünsche ich Dir zu Deinem 700-Jahr-Geburtstag (habe ich mich jetzt um eine Null geirrt?) ganz herzlich nur Gutes.

Zu Deinem 71. Geburtstag kann ich dann rechtzeitig meine Schalmeien blasen; der 71. Geburtstag ist wichtiger als der 70., das sage ich einfach vergnügt, warum weiss ich nicht.

Ich lese «Schau heimwärts, Engel!» von Thomas Wolfe; zum ersten Mal habe ich dieses Buch (ich erinnere mich daran verblüffenderweise sehr gut) im Mai 1971 gelesen. Ein genialer, mitreissender, spannender Roman, einer der weltbesten, denke ich. Ich bin rettungslos masslos begeistert, hopplahohoo.

In eigener Sache: Das Liebesgedichtebändchen ***«Wir schenken uns wild durcheinander uns»*** ist mein Lieblingskind. (Auf Seite 9 und 37 ist ein Gedicht ex professo Marco gewidmet.) Liebesgedichte? Einfach Fläumchen, Bildchen, Flimmerndes, Vorbeihuschendes, Fragmentarisches, (Inspirations-)Stäubchen, Fantasiegischtkrönchen, Relaisschaltungen, Einfälle, cembalosilbriger Wind, ekstatisches Taumeln, Michselbsterstaunendes, Wort-Eingehamstertes.

Autorisierst Du mein Privileg, es Dir schicken zu dürfen? Vielen Dank für Deine kleine feine Rutziade.

Was Du mir über die Sterbebegleitung Deines «weiten nahen» 80-jährigen Freundes sagst, bewegt mich tief.

Die «Zackenbarschiaden» sind nun im Internet, doch es dauert halt noch äonenlang, bis ich sie habe. Hoffentlich hast Du mehr Geduld als ich ...

Es ist wunderbar, mit Marcel zu leben. Es war zeitweilig auch sehr, sehr schlimm (ich habe Hemmung, dies konkret in einem Mail zu hinterlegen). Es ist sehr bewegend zu erleben, wie mutig Marcel sich wieder ins Leben einzufinden versucht. Er ist wie eine wertvolle Violine mit einem einmalig wunderschönen Ton, doch bei der kleinsten «Verschattung», Temperaturschwankung ist sie arg verstimmt.

Ich bin Marcel dankbar, mit ihm leben zu dürfen. Er bereichert mich zu eignen neuen Freiheiten.

Morgen bin ich bei Marco und Bettina.

Pablo

*

Der Wurzelfüsser
aus dem Tertiär
wundert sich
wie unbegabt
moderne Menschen
zum Tanzen sind

pg

Guten Morgen lieber Ludwig

Dank Deiner unermüdlichen mäzenatischen Hilfe und menschlichen Güte kann wiederum ein wunderschön aufgemachtes Lyrikbändchen von mir erscheinen, was für mich als Lyriker existenziell uneinschätzbar schön ist. Du hast den Umschlag grossartig gestaltet.

Ich danke Dir auch nochmals für die geleistete freundschaftliche Arbeit beim Erstellen des Layouts. Es ist alles sehr gut geraten!

Es ist das dritte Büchlein, das das Veröffentlichungsjahr 2022 trägt:

- Wesensverwandt in den Entfernungen
- Wir schenken uns wild durcheinander uns
- Milchstrassenstaub das unbekannte Zeitmass

Dass mir das gelungen ist, nehme ich als schöpferisches Seinszeugnis dankbar und irgendwie auch erstaunt zur Kenntnis.

Von meinem ersten Gedichtband «Gegen die Zeit und Zwischen unendlichen Gewittern» 1970 bis zum «Milchstrassenstaub» 2022 war es ein sehr, sehr langer Lebensweg, den ich, tief verwundert, kaum zu überblicken vermag. Das Schöpferische ist letztlich ein Geheimnis, vor dem ich mich verneige. (Selbst in vielen leidenschaftlichen Verirrungen spürte ich immer meine Mitte.)

Da rollt mir eine Träne des Glücks, der Dankbarkeit die Wange hinunter.

Liebe Grüsse vom Paul

Der STURM::DÄMON
  rast wie ein Tornado
    durch meine // Arterien
      wild aufgebäumt
        im Traum
du verlierst mich
    // wenn // du mich
    JETZT
      nicht hältst

          pg

Ein Gongschlag nachts
  ob ich ihn höre?
    ihn träume?
  ob ich ihn bin?

        pg

Lieber Ludwig

Der erste Teil des Briefbuchs ist korrigiert. Vom zweiten und dritten Teil werde ich noch ein paar Passagen übernehmen.

Was für eine gewaltige Arbeit Du hattest, das sehe ich gut.

Ich bin überzeugt, dass durch meine Kürzungen der ganze Briefband wesentlich, substanzreicher gewonnen hat.

Ob eine Publikation letztendlich 48 oder 52 Seiten hat, ist für einen Leser völlig uninteressant zu erfahren. Usw.

Ich bin in grosser Gefahr, mich zu wiederholen, das merzte ich aus.

Zudem gab es einige Doubletten. Und sehr Persönliches auf Marcel, Albert, Rainer Stöckli möchte ich nicht bringen..., da will ich diskret sein. Den Freundschaftsbruch mit Daniel will ich aber schon bringen!

Meine Freundschaftsliebe zu Marco wird in meinen Briefen immer deutlicher.

Die Kapiteltitel werde ich noch «erfinden».

Diese gut zwei Jahre nochmals Revue passieren zu lassen, war ein Ereignis für mich, sehr aufwühlend, zustimmend, da und dort auch etwas verunsichernd – *was*, das war ich, das sagte ich? Ich erkannte mich in meiner eignen Ferne.

Das könnte der Haupttitel sein:

Ich erkenne mich in meiner Ferne
Briefe an Ludwig, viertes Buch

Wir werden uns das noch überlegen. Ich bin offen für Deine Gedanken.

Wenn der Briefband ca. 140 bis 150 Seiten (?) haben wird, so finde ich das gut.

Ich schicke Dir dann ein einziges Dokument, in dem alles beinhaltet ist. Das fixfertige Buch.

(Änderungen sind dann ja bei Bedarf immer noch möglich.)

Dass ich dann gegen den Schluss hin nochmals alles anschauen möchte, verstehst Du. (Doch ganz so weit sind wir noch nicht, wir haben Zeit.)

Ich bin unsäglich froh, in einem stillen Winkel zu leben. «Elektronisch» werde ich oft gehackt, mit SPAM eingedeckt, mit unguter Werbung überflutet, das mag ich nicht. Aus Holland, China usw. erreichen mich Mails, die sich anbieten für Liebe, für Geldgeben, für Wundermittel aller Art: ich finde das beunruhigend schrecklich abstossend.

(Deshalb löschte ich alles in meinen Briefen, was ich zu Syrien, Koran, Afghanistan, Taliban usw. sagte. Ich will keinen Shitstorm.)

Meinungsäusserungsfreiheit gibt es längst nicht mehr.

Das humanistische (erasmische) Denken und Handeln im Bewusstsein der Würde des Menschen ist gesellschaftlich, politisch nicht mehr auffindbar, es ist im Eimer. Das ist schmerzlich traurig.

Die Literatur ist kaum mehr als ein ausgewrummeter Waschlappen, einfältig, belanglos.

Nach ein paar Ehejahren kommt der grosse Lebensknatsch mit Seitensprüngen usw. Wie vertrottelt das ist. Zum Kotzen.

Du bist mein Freund und Bruder, Ludwig.

Liebe Grüsse

Paul

❀

: wirrig
:: feuerkrötig
das Unzähmbare
des Traums /

❀

Lieber Ludwig

Deine Drachenmitteilungen haben mich sehr interessiert, vergnügt: tolle Sache das!
Die Blumenbilder gefallen mir sehr.

«*Milchstrassenstaub das unbekannte Zeitmass*» baut sich in mannigfachen Wort-, Denk-, Gefühlsauffächerungen in verschiedenen Richtungen immer wieder wie unerwartet aus, das «./.eulen::äugig»e Element wird tragfähig in vielen befreiten Farben und Formungen: oooh, so ein tolles Gedichtschreiben ist das! Die geheimnisvolle Inspiration packt mich, die ich mit Sprachbewusstsein dorthin lenke, wo ich sie haben möchte. Es ist ein Hinundherwellen von Kunst und Leben, ein wunderbares Ausgeliefertsein, das ich meisterlich steuere, mit dem Wind, gegen den Wind: beidem.

Diese Gedichte sind nicht «schwieriger» zu lesen als meine einfachen, denn eine Sinfonie zu hören kann auch nicht «schwieriger» genannt werden als ein Streichquartett zu hören.

Ob ein Bild drei Farben hat oder fünfundzwanzig, sagt nichts aus über das Gesamt (über die künstlerische Qualität) des Bildes.

Liebe Grüsse von Haus zu Haus

Paul

Lieber Ludwig

Deinen Vorschlag auf Seite 8, anstatt «kleiner Fisch» «Fischlein» zu schreiben, habe ich übernommen. Danke.

Nach Kapitel III und IV habe ich eine Blindseite eingefügt, damit die Gedichte wieder auf einer rechten Seite beginnen. Kannst Du das bitte prüfend anschauen?

Die Inhaltsseitenzahlen vorne habe ich bei III und IV angepasst.

So ergeben sich 44 Seiten.

Drei Gedichte habe ich in der Reihenfolge geändert, damit der Seitenübergang etwas schlauer daherkommt. Zwei, drei allerkleinste Korrekturen habe ich noch gemacht.

Erscheinungsjahr änderte ich auf 2022.

Ich schicke Dir also das Ganze, neu abgespeichert unter dem Namen «Gut zum Druck».

Meine Freude über das kommende Liebesgedichtbüchelchen ist riesengross!

Ich danke Dir ganz herzlich.

Salü Paul

Lieber Ludwig

Ich lernte in den letzten Tagen ein paar junge Menschen kennen (Mario, Isabella, sie ist ein ganz wunderbarer Mensch), und da beginne ich wieder positiver von der Menschheit zu denken. Diese Offenheit, sie bekannten sich auch zu Gott, unabhängig sehr analytisch denkend, sich zu einem grössern Ganzen bekennend, das ist Menschsein vom Feinsten! Hanf räuchelnd, einem Schnäpschen nicht abgeneigt, doch alles sehr beherrscht. Und einfach so menschlich, unfassbar toll das.

Bei einigen jungen Menschen ist ein rettendes Potenzial zu finden, das ist herrlich. Solange es so tolle Menschen gibt, ist die Welt nicht verloren.

Dass der Staat nun Impfzwang ausübt (es ist nicht anders zu nennen), ohne Zertifikat kein Restaurantbesuch mehr, ist nicht mehr demokratisch, sondern Diktatur.

Ich bin nicht politisch, doch mich würgen die gehässigen, bald militanten Konfrontationen von Geimpften und Impfgegnern. Das Covid-19-Virus hat längst die Psyche, den Geist, nicht nur den Körper ergriffen.

Ein Professor sagte, gut die Hälfte der Menschheit ist dem Wahn verfallen, so denke ich auch.

Ein Atomkrieg USA – China ist voraussehbar.

Und ist in zehntausend Jahren noch Leben auf diesem geschundenen Planeten möglich?

Der Weltenlauf der Geschichte zeigt es krass deutlich, die Alten geben den Jungen keine Chance. Macht – Politik – ist immer des Bösen. Es gab noch keine Minute Frieden auf diesem Planeten.

Der Mensch könnte es mit dem Mitmenschen so schön haben, die Wirklichkeit sieht entsetzlich ganz anders aus.

Was ist dieser Mensch auf diesem Planeten? (Etwas Schlimmeres als ein Mensch ist nicht denkbar.)

Der Mensch ist DIE Perversion der Evolution.

Du, Ludwig, hältst auf Tausenden von Buchseiten dagegen, das ist imponierend, glaubhaft, überzeugend. Du hältst es mit dem SEINSGEIST. Das ist einmalig grossartig.

Das lese ich gern.

Was ist der «Geist» schon gegenüber der «Liebe»?

Einen Drogenkranken zu lieben, einem, der in der schizophrenen Psychose versinkt, den Arm um die Schultern zu legen, mehr ist kaum möglich.

Das dunkelste Dunkel des Lebens findet bei Dir keine Erwähnung, das finde ich schade. Bei Dir ist alles LICHT, MAJESTÄTISCH, ELYSISCH, PRUNK-VOLL, GOTTESVOLL, GÖTERERHABEN.

Hast Du Deinen «Seinsgeist», der Dir die Diktate schickt, auch schon mal aufs konkrete Leben in DIESER ZEIT berufen hinterfragt? Ist Dir eine kritische Einsicht möglich? Oder willst Du das einfach nicht?

Wie es auch sei, Ludwig, Du bist ein welteinmaliges Wunder.

Herzlich grüsst

Paul

Mit dir in Kairouan
   zu trommeln
im phönizischen Karthago
Dattelwein trinken
   sich in den Ruinen
   von Byrsa lieben
BEI IBIS UND MARABU
   am Ufer des Medjerda
   zu singen
wenn Aldebaran
auf den Fingerbeeren tanzt
   Träume aufflammen
   ENG UMARMT

   ා   ා

Ich lese die Tagebücher
einer alten ÄSKULAPNATTER
   schreibe
der äthiopischen Königstochter Andromeda
einen Liebesbrief
   feuerzüngelnd

kolibriblitzend
LIPPE AUF LIPPE

– WIR SUCHEN UNS
zeitlosnah
vereinigt
in den unfassbaren Entfernungen

ɔ ɔ

Lieber Marco, ich liebe es «zu spinnen», wie eine Spinnenameise, Gedankenfäden aufzuspannen, zu ersinnen, Verwunderliches zu knüpfen, unerwartete Zusammenhänge in ein Beziehungsnetz zu setzen – da bin ich absolut frei! Dem Längstbekannten bin ich «spinnefeind», mag ich nicht, derart kennst du mich bereits, nehme ich beglückt an. Mir geht es darum, Nochniegesagtes zu sagen; das tausendfach Iks-Bekannte überlasse ich den Journalisten, den Salbadern der Religionen, den hirn- und geistlosen Karrierlingen. Mir geht es um die Gespinste des Zarten und Zugriffigen. Um das Gisisch-Zackenbarschige in neuen Formen.

Für dich ist das wohl neu, was, wie ich schreibe – für mich auch. Doch du bist eine GROSSE SEELE und verstehst gefühlig viel. Ich bin ein passionierter Briefschreiber, kuckelikucks, mündlich tauge ich oftmals wenig, da mir das «Richtige» nicht einfällt. Manchmal bringe ich kaum zwei Sätze zustande. Henu.

Dein offenes Wesen gefällt mir sehr. Das Gesign-Kunsthandwerkliche möchte ich gern kennen lernen, es interessiert mich sehr. Warten wir noch ein bisschen ab, bis ich wieder fähig, frei werde, einen Besuch zu machen. (Zurzeit hapert es bei mir.) Hab einfach bitte etwas Geduld mit mir.

Doch ich denke mir, ich kann schon in diesem Sommer einmal vorbeikommen.

Hui, vielleicht schreibst du mir gar wieder mal, uff, es würde mich freuen. Trink ein Bierchen, zwei, drei Weinchen oder vier, fünf Schnäpschen oder ein Mineral oder einen Walderdbeerfrüchtetee oder sonst was und hau ein paar Sätze für den Zackenbarsch in deinen PC oder was du an elektronischen Erlauchtheiten hast. (Ich komme da nicht draus.)

Herzlich grüsst

der alte Zackenbarsch Paul

Das Universum ein Graffito eines verwirrten Gottes

pg

Lieber Marco, Freund,

Für meinen neuen Gedichtband *«Im Fischauge die Welt»* kommen halt (jupii) die seltsamsten Einfälle mich sprunghaft besuchen, das ist für mich existenziell toll.

Ich bin nicht «religiös» im Sinne einer Konfession, einer Gemeinschaft, einer Lehre – ich glaube aufflammend ans Geheimnis des Lebens, bewundere Drachenfische, liebe Buntbarsche, bete Felsenleguane an, tanze mit dem Flügelginster, verneige mich vor Andromeda (hundertmal heller als unsere Sonne), spaziere liebesvereint handinhand mit der Schönheit, umarmt mit dem Schweigen, lachend im Wind. (**In mir** ist alles.) Von dir fühle ich mich tief verstanden, bei dir dürfen meine Wortbilder weit ausschwingen bis in die Mitte deines Wesens.

Täglich sehe ich unzählige Male deinen geschnitzten Zackenbarsch, und der macht mir so viel Freude! Mit diesem Geschenk hast du mich glücklich gemacht. Dein grosses kunsthandwerkliches Können begeistert mich. Dieser Zackenbarsch von dir ist ein genialer herzzugewandter Ausdruck von dir zu mir. Da hast du mich beseligend getroffen. Ich danke dir so!

Ich spüre deine Liebe zu den Elementen des Lebens, zu Wind und Wellen und Wolken und Menschen und Seegetier, deine sensible Liebe liebe ich.

«Vernunft», das heisst, weite Zusammenhänge zu erkennen, ist zuweilen gewiss eine gute Sache, doch es geht zutiefst um anderes: um die brillante Schönheit eines Grünen Baumgeckos, die grimmige Philosophie einer Vierzehen-Landschildkröte, den Lustflug eines Rotkehlchens, die leidenschaftliche Melodie des Sternbilds «Maler».

Meine Gedichte versuchen immer wieder, sich diesen Wundern anzunähern.

Es gibt DIE Wirklichkeit nicht, es gibt nur unendlich viele Wirklichkeiten. Je nach Position. Ich halte es mit den unbegrenzt möglichen Perspektiven, denkend, fühlend.

Dass da meine Denkweise etwas verquer in der Landschaft steht, huhuu, weiss ich. Doch das beunruhigt mich nicht. Ich muss keinem «Zeitgeist» Rechenschaft ablegen. (Ich stimme mit mir überein, das ist doch schon viel, verzwicktzwacktnochmals).

Schreibst du mir wieder mal, ja? Auch schon das kürzeste SMS (oder Mail, was für ein Mühsal wohl für dich, uff), würde mich gumpen machen vor Freude.

Lieber Marco, ich umarme dich freundschaftlich fest.

Herzlich grüsst

Paul Zackenbarsch

Hallihallo lieber Marco

So wie ich die Erde nicht am Sichrundkugeln aufhalten konnte, sowenig konnte ich das Geschenklein, das ich für dich plane, aufhalten. Nur muss ich nochmals zuerst nach St. Gallen ...

Ich hoffe, du siehst in diesem Sommer bei der Bootsvermietung einmal Marcel, ich komme mit ihm vorbei, dann siehst du mit deinem offnen Wesen rasch, was Marcel für ein sympathischer, sensibler, liebenswerter Mensch ist. Mir ist das wichtig, dass ein kurzes Treffen mit uns drei einmal stattfindet.

Mir war wichtig und schön, deine Freundin und Geliebte Bettina kennen zu lernen (sie ist ein herrlicher Mensch!), ich wünsche, dass auch du meinen lebenslangen Freund Marcel kennen lernst.

Zeitliche Abmachungen mit ihm zu treffen, sind schwierig, doch die Gunst des Augenblicks, der Situation wird schon eintreffen und klappen.

«Im Fischauge die Welt» wird (nochmals) ein grosser Lyrikband, Ludwig signalisierte mir bereits, dass er sich freue, ihn für Books on Demand zu machen. Doch das wird noch ein paar Monate dauern.

Mein Briefwechsel mit Albert kommt immer wieder zum Erliegen, doch jetzt schreiben wir uns seitenlange Briefe. Ich kenne ihn aus meiner St. Galler Zeit, wo er viel bei mir war in meiner Mühlenenschluchtwohnung. Er hat Tausende von Briefen von mir. Er war Bibliothekar an der Universität St. Gallen, ist der belesenste Mensch, den ich kenne, schreibt seit Jahrzehnten an einem gigantischen Tagebuch. Er ist ein grosser Weltreisender.

Ich schrieb alles in allem wohl fünfzigtausend Briefe, das meiste geht bestimmt bachab, henu (ich bin kein Archivar meiner selbst). Dennoch sind recht viele Briefe von mir in der Schweizerischen Nationalbibliothek aufbewahrt, so auch an zwei mir nahe Lyriker, und drei Bände an meine Freundin und Geliebte C. V.

Es ist für mich, Marco, ein Lebensfest, mit dir befreundet sein zu dürfen, du bist ein wunderbarer Mensch.

Brieflich bist du hartnäckig schweigsam, macht aber nichts, ich respektiere das. In deiner Nähe zu sein, «entschädigt» mich restlos, du hast das Herz eines Juwels.

Ich weiss noch so wenig von dir, was für Filme du magst, welche Musik du gern hörst.

(Und wenn ich konkret nachfrage, ob du deinen Führerschein hast, kommt keine Antwort.)

Doch gerade so, wie du bist, möchte ich dich freundschaftlich fest umarmen.

Fliessen wir in unserer Verschiedenheit ineinander, ja?

Handinhand.

Bald geht's ja wieder auf See, ahoi!

Freundschaftlich liebste Grüsse aus meiner Zackenbarschhöhle in deine Loft am Riedli am hohen Kaminturm.

Dein Paul

Au, 14. Mail 2021

Lieber Paul

Ich sitz jetzt an meinem Pültchen, blättere in Deinem «Tonleiter des Horizonts» und lese nochmals meine Lieblingsgedichte. «In den Pigmentflecken / der Täuschung / ein Wort finden / aus Abgründen hervorholen / und fortfliegen.» Das gehört für mich zu den Schönsten, wirkt wie schlicht hingesagt und hat doch ungeheure Weite. Auch an «Leicht wie das Weltall / deine Hand / in meiner Hand / ein Vogeltraum» habe ich meine Freude. Das Gedicht selber ist ja leicht, gleichsam ein auf der Hand liegendes Vogelfederchen, das der Wind mit sich nimmt. Zu meinen Lieblingen gehört: «Wie Sommersprossen / die hagenbuttenroten Sterne / ein Blinkern im Weinglas / ein Flirren auf deinen Lippen / ein verlöschendes Flittern». Mir gefällt, wie da Dinge aus dem Universum der Natur mit Insignien der Erotik verwoben werden. Und die Sterne im All fallen hier in eins mit dem Weinstern im Glas. Selbst utopische Verheissungen können Mut machen: «Lass alle Phänomene / hinter dir / mach dich auf / zu den Visionen / den weltallweiten / in dir». Noch vieles andere, habe ich mir angestrichen, das es wert wäre, zitiert zu werden. Schliessen will ich jedoch mit einem Gedicht, das ich immer wieder lesen und in mir nachklingen lassen möchte: «Wunderbar wild wuchernd / der Walnusskern / der Sterne / denkt der Wurzelfüsser / und wandert / in die warme Nacht».

Herzlich grüsst Dich

Fredy

Lieber Albertulus
Ulrich von Winterstetten
Meister des Epilogs

Einzelne Gedichte von mir sind fast nur noch ein Stammeln. Bruchstücke, bevor die nukleare Dunkelheit uns überfällt.

D ie Musik
im vereinten Herzraum
zaubrisch
verloren
flammenzüngelnd
universenweit
allein

Bleierne Erde
über die ein Vogelschatten
streicht
und ein Apfelbaum
Früchte trägt
nocheinmal

Mein Herz ist schwer. Mein Herz ist leicht. Du kennst das auch. Am liebsten würde ich nichts mehr wissen wollen von der menschlichen Gegenwart, die uneingeschränkt bestialisch zu nennen ist. Kriegsverbrecher, Massenmörder, Killer an der politischen Macht.

Du hast treffend Dein Gesicht vergleichend tiernah geschildert: Chamäleon, Brillenbär, Panda, Maulwurf. Sehr anschaulich, gut.

Wenn ich von Liebe rede, Begeisterung, bin ich bald nahe beim Glaskärpfling, Rübenschwanzgecko, Garibaldifisch, Kleinschlünder, da sind wir also gar nicht so weit entfernt, wie es Dir manchmal dünkt. Ich instrumentiere einfach etwas ungewohnter, verrückter. Meine «Vergleiche» dürfen nicht gewohnt bekannt sein. Ich will jeden bekannten Vergleich meiden in meiner Lyrik, c`est tout. Ich möchte nicht, dass sich beim Leser ein «Ahaja»-Erlebnis einfindet. Er soll «das Neue» in der Sprachorchestrierung erleben – oder sein lassen. Da fordere ich unmissverständlich als Künstler, gehe niemals auf konventionsangenäherte Kompositionen, iks-bekannte gefällige Wort-, Farb- und Formgefälligkeiten ein. Was allgemein bekannt ist, ist Ramsch; mir geht es um Heiss-und-kalt-Fontänen des Individuums in seiner Nacht, um Traumrisse, Lebensumschichtungen, existenzielle Verwandlungen,

Liebeslusttaumel, um die Macchia der Fantasie, um hodenrunden Sauerkohl, theokritische Epigramme, Violinsonaten von Mozart, Schwemmholz des Universums, um das Geklopfe der Mitternacht, in honorem des Ichs, in Schwarmbeben der Einsamkeit, alles immer bildlich, bildhaft. Abstracta verwässern die Lyrik. Ich liebe die sinnlich geriffelte Sensibilität, verschachtelt in der Einfachheit (huhuu) ((wie jetzt «Im Fischauge die Welt»)).

Trotz Deinem Malheur Deiner Augen muss ich einen Brief schreiben, ich wüsste nicht wie, Dir ein Tondokument zu schicken. Schade.

Hab keine Angst, ich schreibe Dir fernerfürderhin nicht mehr so viele Briefe in dieser Frequenz, ich weiss und respektiere, dass Du immer wieder etwas «Luft» brauchst zwischen uns. Bon.

Lass Dir fürstlich viel Zeit, mir zu antworten. (Ich bin nicht mehr ungeduldig.)

Ich muss mich mönchisch, dionysisch, auf Bilder und «Gestalten» meiner Träume, meines Denkens konzentrieren, die ich lockig für meine Gedichte brauche. (Verhüllung versus Offenbarung, Immanenz versus Transzendenz, kikerikiii.)

Liebe Grüsse

Pablo

Das Backbordlicht meines Lebens

Lieber Daniel

Ich danke dir für deinen Brief. Ich las ihn bereits zweimal intensiv, um ja nichts zu überlesen ...

Die blaugehöhlte Stimme
   im Wind
      sanft wahnsinnstrunken

Als ich letzthin abends Marcel sagte, «du, ich gehe noch zu Marco, tschü-üss», schaute er mich verängstigt an und vergass «tschüss» zu sagen. Ich weiss, er macht sich immer wieder viele Gedanken über mich; das letzte Mal bei seinem Hausarzt erzählte er fast nur von mir, wie er mir anvertraute. Er teilte mir recht viel mit, was er alles über mich (eigentlich nur Gutes) sagte, ich erkannte mich teilweise in seinen Äusserungen überhaupt nicht. Das stimmte mich heiter. Dass ich mich zurzeit innerlich etwas von Marcel entfernte, weil mich Marco tief ausfüllt, spürt er natürlich.

Bei meiner letzten leidenschaftlichen Beziehung mit Olivarius, 2012/13, fragte er mich, ob wir (Olivarius und ich) nun zusammenzögen und ich ihn allein lasse. Ich sagte, nein Marcel, ich bleibe bei dir. Jetzt bleibe ich auch bei Marcel, doch ich kommuniziere dies nicht, er soll sich selbst dazu Gedanken machen. Für mich ist es, gerade jetzt auch, wo es mit Marcel sehr komplex geworden ist, einfach wunderschön mit Marco, Balsam für die Seele. Er tut mir unendlich wohl.

Es ist erschütternd zu sehen, wie Marcel krank ist. Ich habe grosses Mitleid mit ihm; Mitleid ist in meinen Augen nichts Zweitrangiges, wie es so oft missverstanden wird, «Mit-Leiden» steht in meiner Werteskala des Humanen ganz oben.

Ich erzählte Marco erst weniges über Marcel, doch er weiss, dass wir uns seit dreissig Jahren kennen und zusammenleben. Letzthin sagte er mir, als er mich wiederum zu sich einlud, «dein Schatz» – und damit meinte er Marcel – kann natürlich auch mitkommen. Das fand ich so schön von Marco, verrät viel über seine Offenheit, seine schöne Seele, seine sanfte Menschlichkeit. Ich sagte das Marcel, da sagte er, er komme gern einmal mit, er ist, wenn es ihm gut geht, sehr friedlich, kommunikativ und löst bei fast allen Menschen Sympathie zu ihm aus. Doch vorderhand nehme ich Marcel nicht mit, der Abend, die Gespräche verliefen anders. Marco füllt mich sehr aus, und ich darf sagen, auch er fühlt sich bei mir ausgefüllt schön. Wenn Marcel eine volle Stunde pausenlos über PC-Programme spricht, würde er mich nerven. Mit Marco sind die Gespräche wunderschön hin- und herwellend, künstlerisch, menschlich sehr nahe, leicht und tief gleichzeitig. Wir umarmen uns immer wieder. Sehen uns tief an – und lachen unbeschwert. So schön! Unsere Seelen haben sich erkannt.

Und ich vergesse nicht, dass es auch wiederum schön wäre, Daniel, wir würden uns treffen können. Die Zeit mit dir im Gemelli fand ich immer bereichernd und befreiend schön. EIN FEST! Du fehlst mir. Du hast zwei Freunde in Binningenlandia, ich habe zwei Freunde in Rorschach (Marco und Marcel), und doch ist es schön, dass wir uns kennen, dass wir – du und ich – auch befreundet sein dürfen. Jede Beziehung ist anders, und da gibt es keine Rangordnung. In ihren Verschiedenheiten und existenziellen Wichtigkeiten ist doch alles schön. Ich liebe die Gleichzeitigkeit des Verschiedenen. (Manchmal auch etwas traumtumultartig, was ich aber nicht missen möchte.)

Zwischen Marco und mir gibt es nichts Belastendes, wir strömen aufeinander zu. Wir verstehen uns so gut. Mögen unsre Nähe.

Mein neuer Lyrikband wächst langsam, aber unbeirrbar. Ha!

Potzdonnerstrohnochmals, was für ein Sommer – menschlich gesehen (meteorologisch ist er blamabel). Für mich ist alles unerwartet so intensiv geworden, bringt mich zum Staunen, o liebselige Verrücktheit. Meine Liebe zum Leben ist noch feuriger geworden (hoffentlich verbrenne ich mich nicht, hahaa).

Schön, dass es Schönes gibt! Dass es Marco, Marcel, Daniel, Weltgeschichte, Mozart, Donizetti, den griechischen Lyriker Odysseas Elytis gibt (1979 mit dem Literaturnobelpreis ausgezeichnet), den ich sehr liebe. Schön, meine äsopischen Pfeifen zu rauchen, kühlen Rosé zu trinken.

Helligkeiten und Dunkelheiten zu LEBEN, das ist es doch, was persönlich zählt. Und die Winde aus allen Himmelsrichtungen anzunehmen.

Dir, Daniel, liebe Grüsse.

Paul

Notizen zu «Tonleiter des Horizonts»

Gedichte zu schreiben ist für mich ein geliebter Weg zwischen Wirrnissen, Irrnissen, Täuschungen und Erfüllungen. Wortbilder zu malen, zu singen und zu tanzen mit Teufelsrochen und Sternbildern, zu träumen vom Ineins von allem – im Schnittpunkt des Augenblicks.

Das Gedankenlastige werfe ich vergnügt über Bord, mir werden Mikroben zu Galaxien (und umgekehrt).

Ich liebe die Töne der Ferne.

Das Sternbild Rabe, südlich der Jungfrau, lebt nicht nur «am Himmel», sondern pulst in meinem Blut, in den Augen eines geliebten Menschen. Ich zittere vor Freude, wenn ich an die Träume einer Gelbbauchunke denke.

Nur was niemand ausser mir zu sagen fähig ist, lohnt sich aufzuschreiben. Es gilt, neue Wirklichkeiten zu gestalten.

Auch das kleinste gespinstfeine Gedicht muss eine innere Dimension haben wie ein ganzer Kontinent. Unheimliche Verschattungen raunen, wunderbare Heiterkeiten flammen auf.

Im Gedicht setzt das Universum Segel. Unbekannte Akkorde klingen auf.

Wenn ich schreibe, weiss ich nicht, wohin die Fahrt geht, doch der Aufbruch in Unbekanntes ist existenziell, herrlich.

Gedichte sind neue Wirklichkeiten. Diese aufzufinden, dafür schreibe ich. pg

Lieber Paul

Vielen Dank für "Milchstrassenstaub das unbekannte Zeitmass". Sehr schön gestaltet dieser Band! Kompliment an Ludwig Weibel. Ich entdecke ein paar

neue Sachen. Strukturbildende Elemente wie / oder ://
usw. Sogar nebst den von früheren Publikationen
bekannten Stilmitteln eine Unterstreichung. Der Text
wird ein Stück weit zur Partitur. Inhaltlich entspricht dem
das Stakkatohafte, das den Gedichten anmutet. Die
Dissonanz herrscht vor, das Zerhackte und Zerrissene.
Und doch, schön sind so kleine Sprachereignisse wie
"../ gedankenSPRUNG / kesselpaukig"

Herzlich grüsst Dich

Fredy

    Mundanmund
      geschlechtangeschlecht
        staubinstaub
         im Weltall

    Milchstrasse
    meine Zigarre
    in dieser Nacht
    und Grillen
    gross wie Saurier
    im Garten
            pg

Lieber Ludwig

Ich bin Dir gegenüber von allergrösster Dankbarkeit
erfüllt; wenn der Zackenbarsch nach Luft schnappt, hilfst
Du ihm, und das seit vielen Jahren.

Obiges Gedichtchen ist vermutlich noch nicht ausgereift, es ist zu statisch. Kein einziges Verb, Schande! Nun, ich werde machen, was ich kann oder nicht kann ...

Vraiment, ich freue mich riesig, einen weitern Teil Deines Buchs zum Korrigieren zu bekommen. Das wird famos für Dich, für mich, für die Seinsgeister, fürs Elysium. Ich unterstütze Deine Einmaligkeiten gern, so gut ich kann.

Tief in Dein Werk eingetaucht, lerne ich vieles.

Schlaf gut.

Herzlich Paul

Dein mutmassliches, mögliches Coverpendelbild gefällt mir sehr, es weist wunderbar auf die Fülle allen Seins in Dir. Es ist farblich und im Formenreichtum vollendet. Nur der Hintergrund mit diesem zu dominanten Grün gefällt mir nicht, ich finde, es passt zum Goldgelb des Bilds nicht so richtig. Das eher kalte und leere Grün «korrespondiert» zu den Pendelfarben zu wenig, auch als Kontrapunkt will es mir nicht passen. Ich könnte mir gar ein lebendiges Cheminéefeuerbild mit viel Rot und gleissendem Gelb vorstellen, in das Deine grazile Pendelkunst intergriert wäre. Da ginge das spirituelle Pendelbild eine Symbiose ein mit dem feurigen, nicht fassbaren Leben. (Das viele Grün wirkt etwas langweilig, es ist leblos.)

Ich bin gespannt, was Du sagst. Ich weiss ja gar nicht, ob das bildtechnisch auf dem PC möglich ist, was ich da als Idee vorschlage. Dein wunderbares Pendelbild hätte einen lebhaften Hintergrund verdient.

Ich glaube, mein Titel «*Cembalosilbrig im Wind*» wird bleiben, ich finde ihn sehr konkret und gleichzeitig poetisch rätselhaft, was ich ja möchte, im ersten Lesen nicht so ganz einsichtig. Gut so. Auch da: es gilt, poetische Bilder in sich ausschwingen zu lassen.

Ich habe Dein Nachtmail gesehen. Auch diese «Figur» tanzt verinnerlicht in einer grossen Seinsbalance. (Und der Hintergrund ist in seinem Blau transzendent, diaphan, weit.)

Grün ist verkürzend, verweist auf nichts, ausser etwas verstockt oder lahm auf sich selbst. (Deshalb geht das nicht mit diesem herrlichen dynamischen Bild.)

Machst Du mir, Ludwig, «*Wesensverwandt in den Entfernungen*» so ca. im November für BoD? Das Manus liegt zurzeit bei der «orte»-Zeitschrift. Ich erwarte nichts. Die Chefredaktorin schrieb mir, «wir werden es anschauen und uns ggf. wieder melden». Prächtig dieser Pfupf!

Der Zackenbarsch kann nur in weiten Meeren leben, sonst verkümmert er.

Ganz herzliche Grüsse, Du.

Paul

Lieber Ludwig

Mit meinem «*Calypso Schrumm*» wünsche ich Dir einen wildschönen, geistturbulenten Donnerstag-und-Blitz-Morgen.

Neben meinen Liebesgedichten überfällt mich die Lust, freischwebende verwunderlich-irrlichternde ruhelose Kurzprosa zu schreiben, ich habe ja schon ein kleines Kontingent gesammelt, es drängt mich, ein paar schiffsbauchige ausschwingende Köstlichkeiten zu notieren, arabeskenhafte Prosa-minimal-art zu schaffen (um es paradox zu sagen), oszillierend, buntscheckig im Nichtganzfassbaren, zusammenhängend im Unzusammenhängenden, im Zechstein der Fantasie, befrackt mit nah hergeholtem Weitgeholtem.

Calypso Schrumm

Wie Calypso Schrumm zu seinem absonderlichen Namen kam, ist nicht erinnerlich, alle meine Bemühungen, irgendwo eine Erklärung zu finden liefen ins Leere, brachten keine Erhellung, die ja sowieso bedeutungslos gewesen wäre, doch ich kann und will es nicht unterdrücken zu sagen, dieser Calypso Schrumm war eine verwirrlich veritable Nummer, er hatte einen verbummelten krausen Charakter, die Gesamtheit der seelisch-geistigen Eigenschaften blieb unübersichtlich, Wesensmerkmale waren keine festzulegen, er war stets nicht einordnungsbar wolkig, was natürlich für ihn spricht, dennoch war er fertil in seinen Äußerungen, ein Bonmot von ihm machte die Runde, dass er lustvoll gern die Verantwortung für alles und nichts übernehme, es müsse lediglich aufgebuckelt frei sein in allen Beziehungen, dies zu verstehen, ja, dies gilt es zu verstehen, denn Calypso Schrumm war durch und durch er selbst, romanesk schroff und lyrisch sehr sanft, er war ein Riese.

Dies!

Herzlich grüsst Dein Paul

Lieber Ludwig

Meinerseits geht es in Ordnung, Dein Buch zu korrigieren – wie von Dir vorgeschlagen; Du schickst es etappenweise auf Papierausdruck, der dann baldestmöglich korrigiert zu Dir zurückkommt.

Ich mache Dir diesen Freundschaftsdienst gern, doch Du kennst meine sehr enge Finanzsituation ...

Ich notiere jeweils den Zeitaufwand – und dann kannst Du nach Deinem Dafürhalten einen kleinern Obolus schicken. Bist Du damit einverstanden?

Für dieses Entgegenkommen bin ich dann sehr dankbar.

Ich wünsche Dir einen guten Abend.

Herzlich grüsst

Paul

Lieber Ludwig

Hier mein Brief an Marco:

Weisheit
ein Mobile
tänzelnde Fäden
Stäbchen Figuren
sonst nichts

*

Am Abend
noch das Gleiche
zu denken
wie am Morgen
finde ich
überflüssig
    pg

Lieber Marco

In welchem fern vergangenen Jahrtausend war es, dass wir uns letztmals gesehen, gelesen, gehört haben? (Hahaa, lass diese Zackenbarsche Übertreibung lächelnd vorbeigehen ...)

Beim Verlag BoD bei Hamburg ist mein neustes Lyrikbüchelchen erschienen («Milchstrassenstaub das unbekannte Zeitmass»), ich hoffe, erste Exemplare trudeln bald ein.

Ich bin existenziell tief in mir selbst versponnen:

LIEBESLEBEN LIEBESGEIST LIEBESGOTT
LIEBESSEIN LIEBESLUST

Das strudelwurmt prächtig schön! Das Backbordlicht meines Lebens heisst immer LIEBE. (Davon singt meine beste Lyrik.) In der Kalligrafie der Lust. In den Illuminationen des Universums. In den Wunderlichkeiten des Nebels über dem zerstäubten Wasser des Meers, des Traums, des Orgasmus.

Wie geht es dir, Marco? In deinen Beziehungen, in der Arbeit, im Holzschnitzen, im Ausspannen, im Die-Welt-Betrachten, in deinem Die-Freiheit-Ausleben, Träume jonglierend?

Letzthin konnte ich kaum laufen, das Knie schmerzte teuflisch.

Mit Marcel hatte ich manche schöne Stunden.

Ich lasse Bettina herzlich grüssen.

Dich – old friend, young captain – umarme ich freundschaftlich stürmisch. Pass gut auf dich auf, du.

Paul der Lyriker

Ludwig, ich habe Marco einfach riesengross gern! Ich bin fassungslos erschüttert, dass ich diesen wunderbaren Menschen lieben darf und dass er meine Liebe erwidert.

Bald bin ich für einen langen Abend wieder bei ihm, er lud mich ein, bat mich, bald zu kommen, er möchte, dass ich bei ihm bin.

Ich hoffe, Lodovico il Magnifico, dass es Dir gut geht.

Herzlich grüsst

Paul

Nicht nur

hinknien vor dir
sich hinlegen
unter dein Augenlid
BLAUTAUMELSCHWER
s i n g e n d
ohne die Zeit zu kennen
im Hohelied der Nachtigalldrossel

☽

Schau dich
gut um
sie sind
nicht verschieden
die Bäume
die Wellen
die Sterne

Ein liebes Grüsslein an Dich, Ludwig ,aus meinem Gehäuse

Paul

Lieber Ludwig

Danke, danke für Dein gutes Mitteilen. Auch Deine Bilder sind herrlich.

Ich verspüre selbst auch, dass *«Wir schenken uns wild durcheinander uns»* das Beste ist, was ich bis jetzt schrieb. Die Inspiration überflutete mich – und dieser Titel, ha, das ist schon eine einmalige Pracht, denke ich.

Meine neuen Gedichte, die ich schreibe, dürfen und können sich nicht an diesem Opus 128 messen, ich muss einen *neuen* Weg finden, der künstlerisch auch völlig überzeugt – wenn auch anders. Das ist verdammt schwer. Ich kann nicht unter mein Niveau gehen, doch zu schreiben aufhören nach diesem Höhepunkt kann und will ich auch nicht.

Marco war begeistert aufgequirlt von meinen Liebesgedichten, das ist für mich ein Fest. Ich liebe Marco, Marco liebt mich, diese Freundschaftsliebe ist einfach wunderbar.

Für mich sind Gedichte mit sieben oder mehr Zeilen oftmals schon zuviel Worte, zuviel gesagt, die Kürzestgedichte sind mir selbst am liebsten. E I N Einfall und fertig. Das längere Durchkomponierte ist nicht meine Sache.

Gewiss ist, ich werde am neuen Büchlein, das Gedichte, Kurzprosa und Sätze umfassen wird, noch monatelang arbeiten. Der Sätze-Teil ist beendet. Die Kurzprosa fliegt mir gedanklich immer wieder fröhlich unbeschwert zu und ist leicht zu fassen. Mit den Gedichten mache ich es mir schwer, potzblitznochmals. Zum Sinnlichen beziehe ich das «Geistige» (was das auch wäre) «einvernehmlich» ein – die sinnliche Bildkraft, wie sie sonst nirgends bekannt ist, gehört allerdings zu meinem Besten. Es gilt, einen neuen Spagat einzuüben, neue Tanzschritte zu finden, in denen das Sinnliche und Geistige innig umarmt sind. Das ist teufelkommraus eine riesengrosse Herausforderung, zumal solche fast programmatischen Gedanken wie hier im Akt des Gedichteschreibens bedeutungslos sind. Ich kann nicht mit Absichten Gedichte schreiben, sie gestalten sich geheimnisvoll wie von selbst von innen heraus und versuchen, den «Seinsatem» im persönlichen Überwältigtsein zu finden, *eins* geworden mit dem Geschöpflichen, das ich so liebe.

Als Schriftsteller komme ich eben auch immer wieder zu Kurzprosa und «Sätzen». Meine «Sätze» füllten ein Buch von tausend Seiten.

Doch ich bin zutiefst LYRIKER, was mir existenziell absolut das Wichtigste ist.

Meine neusten Gedichte müssen und dürfen anders sein als im Liebesgedichtedurcheinander. Da eine neue Ebene zu finden, ist sehr, sehr schwer. (Ich mute mir das zu.) Ich schrieb mein ganzes langes Leben immer wieder *Liebesgedichte*, sie gehören wohl zum Besten aus meiner Feder. ZU LIEBEN ZU LIEBEN ZU LIEBEN ist halt das Zackenbarsche Wesen. (Psychologisch gesehen, Polyamorie, Liebesmehrfachbeziehungen, ist mein Wesen.) Was ich nicht liebe, bleibt mir gegenstandslos. Meine Liebe ist vieltausendfach aufgefächert auf vielen Ebenen und Ausformungen, traumkontinentalweit, milchstrassengalaktisch, härchenfein auf nackten Körpern, betört von Skorpionfischen, Sonnensittichen, Mozart, Joan Miró.

Mein lyrischer Kosmos ist LIEBE zu allen Geschöpfen. Der Schriftsteller in mir wettert gegen die Gesellschaft, doch das bleibt für mich marginal. Ich singe – lyrisch – vom Leben, von der Liebe, c'est tout.

Dass Dir mein Liebesgedichtedurcheinander gefällt, ist für mich ein Glück.

So so viel ist zurzeit da, das mich lähmt. Ich werde mich dem stellen (doch ich bin kein Riese).

Noch geht es weiter, auf Neues hin. Letzthin war ich nicht wenig verzweifelt, ich bleibe aber biophil! LEBENSLIEBEND.

Ich hoffe, der Pfuuss geht mir nicht aus, hollahoo!

Ich kann nur mit Liebe schreiben, sonst müsste ich resignieren, habe das aber nicht im Sinn.

Marcel liegt mir sehr am Herzen, doch scheinbare kleinste Besserungen werden immer wieder überrollt von seiner schweren Krankheit, das ist traurig.

Lieber Ludwig, Du weisst es, ich freue mich riesig auf Deine Aphorismen. In Deiner «Geistdurchglühtheit» findest Du mich in meiner «Sinnesdurchglühtheit», die Unterschiede sind graduell *näher* als «gedacht».

Ich grüsse Dich ganz herzlich.

Freundschaftlich vom Bodensee ins Fürstenamt.

Dein Paul

Lieber Ludwig

Schillers Philosophie zu lesen ist eine grosse Freude. Jetzt lese ich «Kallias oder über die Schönheit»: herrlich.

Da steht: «Schönheit ist nichts anderes als Freiheit in der Erscheinung.» Wow!! Da kann man also eine Behauptung loslassen – und schon ist man gut, genial, ein Klassiker. Mich vergnügt das. – In meinen «Sätze»-Bänden (und vereinzelt auch den Gedichten) habe ich auch Behauptungen geschrieben: wow, also bin ich gut, genial, ein Klassiker. (Ich beliebte zu scherzen.) [Und alle religiösen Glaubensaussagen sind eigentlich auch nichts anderes ausser Behauptungen: wow: Klassiker.]

Man muss nur unverfroren genug sein, in den Aussagen über die Stränge hauen, ja nicht zu vernünftig Allzubekanntes wiederkauen: und schon mutiert man zum Klassiker.

Schiller mag ich in seinen philosophischen Schriften (mindestens bis jetzt), doch es ist mir längst klar, dass «Klassiker» über alle Gebühr zu sehr in den Himmel gejodelt werden. Manchmal sind «Kleindichter» wesentlich besser, wichtiger, können sie doch in Bescheidenheit auf jedes Pathos, auf jeden Schwulst, aufs Pfauenradschlagen, wichtigtuerisch auf die Brust trommeln verzichten. Schiller erlebe ich als Menschen, Goethe nicht, der war zu sehr Pfau.

Christine Busta ist mir lieber, näher als Annette von Droste-Hülshoff.

Für einen nächsten Gedichtband geht mir vieles durch den Kopf. Na, mal schauen, was die Gedichte wollen.

Liebe Grüsse in diese herrlich FREIE Nacht hinein.

Paul

Lieber Ludwig

Ich habe gestern auf heute (leicht medikamentengesteuert) fast zwölf Stunden einen Erschöpfungsschlaf geschlafen, jetzt fühle ich mich wieder wohl.

Die vier «Fische»-Exemplare sind gekommen, ich danke Dir sehr, sie erfreuen mich durch und durch. 1 Exemplar

behalte ich für mich, für mein Archiv, die 3 andern Adressaten sind mir schon bekannt ... (Rainer Stöckli und Albert Rutz gehören nicht dazu, ich finde es überflüssig, ihr blinder Fleck meinen Gedichten gegenüber interessiert mich nicht mehr.)
((Ich habe noch einen Einzahlungsschein von Ex Libris, die Lowry-Briefe, Fr. 22.20 – dürfte ich ihn Dir schicken? Ich muss mit jedem Franken rechnen.))

Lyrisch – literaturkritisch – bin ich vergnügt profund selbst in der Lage, den Stellenwert meiner Gedichte zu sehen usw. Über Rilke gibt es eine 700-seitige psychoanalytische, tiefenpsychologische Riesenstudie von Erich Siemenauer, die ich, als ich sie 1972 las, entzückte, begeisterte! Das würde mir passen, wenn ein Psychiater eine Studie über mich resp. mein Werk schriebe: das wäre interessant! Das kann ich nicht, da fehlt mir das professionelle Rüstzeug.

Rudolf Steiners «Leitsätze» sind wie Fenster auf die Welt. Und «Deines Seinsgewissens Sinn und Signatur» wie Orgelgebraus.

Die kommende Nacht erfreut mich täglich.

Ich danke Dir für alles und grüsse freundschaftlich.

Paul

Lieber Ludwig

Heute kam mein neues Buch «Als wir Fische Vögel Sonnen waren», ich möchte Dir nochmals ganz herzlich danken für Dein Entgegenkommen, Deine Arbeit. Die gediegene Buchaufmachung gefällt mir sehr. (Es ist die sechste Publikation in diesem Jahr, eine siebte wird es nicht geben.)

Dein Text auf der Buchrückseite ist der Hammer! Köstlich treffend, besonders der Teil über meine Kurzprosa. Das vergnügt mich, da werde ich erkannt ...

Ich bin wie gewohnt bis über alle siebzehn Ohren mit Lesen beschäftigt. Homer, Lord Byron, C. G. Jung, Kurt Rüdiger, Malcolm Lowry, Ludwig Weibel – Du siehst, das Spektrum ist herrlich W E I T, wie ich es liebe. Homer kann ich *nicht* «kritisch» lesen, der ist einfach ein begeisterndes Weltgenie eigenster Grösse, den schlürfe ich besessen liebend wie einen alten Brandy, bei den andern Namen kann und will ich das «kritische Lesen» nicht ausschalten, so wie ich es im Grunde bei allen Schriftstellern, Dichtern, Philosophen, Glaubensgründern halte.

Bei den neusten Gedichten, die ich schreibe, dauert es pro Gedicht zwei, drei Wochen, bis ich die Fassung habe, die ich bewusst/unbewust suchte. Ich arbeite mit der Sprache wie ein Bildhauer: WEGMEISSELN. Ich kann bei einer ersten Niederschrift auf zwölf bis fünfzehn Einfälle kommen, doch das ist eindeutig zu viel, der innere Zusammenhalt zerfällt, da heisst es einfach: kürzen, kürzen, kürzen. Der «beste Einfall» ist weit nicht immer der beste, sondern bloss Ziererei: fort damit! Zwei, drei Einfälle tragen weit genug, sofern es die richtigen sind.

Schön, dass unsere zwei letzten Bücher die gleiche Farbe haben, dass wiederum wie gewohnt ein Pendelbild von Dir auf dem Umschlag ist. Das macht die ganze BoD-Buchreihe leitmotivisch speziell.

Liebe Grüsse und in grosser Dankbarkeit Paul

Lieber Ludwig

Ich habe den letzten Brief an Dich nochmals gelesen, heissa!, mir angenehm echt gisisch. Zustimmend, ablehnend, es ist ein Hin und Her. Dich wird das gewiss nicht beunruhigt haben, soll es auch nicht! Das Verzwicktzwacktzickzack kann eben nur ein Zackenbarsch.

Ich hoffe, Du überreichst mir «Dem Sein geweiht», weil ich es mit gemischten Gefühlen aber dennoch unbedingt weiterlesen, zu Ende lesen möchte, die Leseprobe war kurz.

Heute habe ich mit Bettina und Marco etwas geplaudert, das wärmte mich wie eine Sonne ... Bei ihnen ist es unbeschwert, ich beginne zu fliegen.

Liebe Grüsse

Paul

Lieber Ludwig

Heute Nacht, nach vielen Stunden bei Marcel, schrieb ich ein grösseres Gedicht; hier:

Macht nichts wenn die Welt zerfällt
wenn die Seinszusammenhänge sich auflösen
Triller Akkorde Aperpeggios sich verirren
            in silberglitzerndes Schweigen
wenn die Pyramiden nichts mehr wissen
die Transzendenz sich betrinkt
der Stern Erlaneb Samba tanzt
       du bist bei mir

                    Bogengewölbe der Brüste
                    bichrom deine Beine
                    dein Phallus ein Blitz
          sich findend in der Verwandlung
          ut supra suggestiv zu singen
          obumowar sifucir ewozimaa zalor
          Goldtaubbnesselgeistchen
          schlafend im Mandolinenbauch
                    wenn
          Welt aufersteht
          ein Wels durch deine Augen schwimmt
                    der Silberreiher der Indigofink
                    auf deiner Schulter sitzt
          Träume Orgasmen Apokalypsen sich einwurzeln
          endoplasmatisch sich umarmen
          es ist endlich die Zeit
          in sich selbst einzutauchen
          ALLES NICHTWISSEND
                    die Grenzen zu bekämpfen
                    Einverständnisse zu verweigern
          die Genese des Ursprungs der Schizophrenie des Weltalls
          zu begreifen abzulehnen sich einzuverleiben
          Nebensätze zu Hauptsätzen befördern
                              MACHT NICHTS
                              WENN DIE WELT
          ZERFÄLLT
          DU FÄLLST IN MICH

Ich wollte mir für dieses Gedicht keine Zügel anlegen, wer es nicht versteht, der versteht es nicht, ist mir egal. Ich schreibe nicht für Zwischendurch-Hauptanvertraute, Grosstanten und Nebenonkels ...

Zu denken, dass in der Gossauer Bergstrasse 31 ein Weiser lebt, denkt, schreibt, geniale Grafiken erstellt, der mein Freund ist, ist für mich bestürzend schön.

Und dass Du an ein fünftes Briefbuch von mir an Dich denkst, ist einfach gut. Dazu: die Briefdaten sind mir unwichtig. Ich weiss, ich datierte keinen. Und diese mühsam vom Computer herauszudestillieren, finde ich nicht nötig. Am Anfang ein, zwei Daten, zum Schluss ein, zwei Daten, damit der Zeitraum zu sehen ist, das genügt.

Was ich über meine Gedichte schrieb, kann interessieren. Gewiss aber auch, was ich über Dein Werk schrieb – in den letzten Monaten viel – dürfte interessieren.

Ich warte ab. Sag mir, was ich tun kann. (Wenn ich fähig bin, mache ichs.)

Ich fiebere in Schönheitssehnsucht. Leben anbetend.

Paul

Lieber Ludwig

Nach langem Hin- und Herüberlegen habe ich mich entschieden, meine Kurzprosa *«Seltsam»* doch meinen Gedichten anzufügen; sie sind einfach eine andere Gestimmtheit und ein anderes künstlerisches Extempore; die sprach- und liebesflammende Lyrik ist in sich selbst ruhend, das intellektuelle fast-clowneske Prosaminiaturhafte ist eine leichtfüssige verspielte Ergänzung – ein lockeres Aufatmen für manche Leser nach der intensiven Lyrik.

Alles in allem wird die innere Dimension dieses Buchs w e i t e r und die sprachschöpferische Instrumentierung unerwarteter lebhafter.

Wenns so weitergeht, sieht es aus, dass ich gegen Ende August fertig werde. Würdest Du mir im September wiederum ein BoD-Buch machen?

Ich bleibe gern im Gespräch mit Dir, bleibe natürlich auch flexibel.

Ich war eigentlich kaum so sehr schöpferisch wie in den letzten Jahren, in meinem Altern. Das ist fantastisch!

«Sätze» gingen mir zuhauf durch den Kopf, doch ich habe keinen notiert. Es könnte sein, dass ich mich nun nach «Als wir Fische Vögel und Sonnen waren. Gedichte und Kurzprosa» ganz darauf (auf die «Sätze») konzentrieren möchte. Sehr vieles liegt parat, hahaa. Die Gefahr wäre für mich, ins «Allgemeine» abzudriften, was natürlich niemals der Fall sein dürfte. Ich denke mir immer noch, nur das Individuelle ist interessant, das Allgemeine ist denkerische Flickschusterei und eitle Beulenblaserei, wofür ich nichts übrig habe. Es ginge mir nicht um «Aphorismen» (dieses Wort meide ich), sondern um *«Nachttagebuchsplitter».*

Doch die Würfel sind noch nicht gefallen ...

Wie geht es Dir, lieber Ludwig? «Rüstest» Du Dich auf die grosse Hitzewelle, die angekündigt wurde?

Wie ging es auf der Gossauer Bank mit Deinen Pendelbildern? Mir ahnt nichts so Gutes.

Allerbestes wird schnöd abgewimmelt in der Kunst. Wenn sie keinen geilen Unterhaltswert hat, ist kaum was zu machen. Der Kunst**betrieb** ist eigentlich bloss eine Schweinerei, eine erstarrte Blödsinnigkeit, die sich selbst festet.

In wenigen Tagen werde ich 73-jährig, da habe ich das Recht, der ich 52 Jahre publizierte und mit Dutzenden von Kulturpotentaten verkehrte und brieflich kommunizierte, zu sagen: der Kulturbetrieb ist ein SCHEISSEIMER.

Du denkst «wohlgefälliger», doch nützt Dir das für Deine Ausstellungsmöglichkeiten, für den Absatz Deiner spirituellen Werke? Selbstverlegte Bücher werden nicht besprochen, ausser man hat eine redaktionelle Beziehung in eine Abhängigkeit jagen können. Und eigentlich kein Verlag bringt Spirituelles und Lyrisches. (Ausser es ist ein junges geiles Mädchen, wo für den Verleger die Hoffnung besteht, es ins Bett zu lotsen und dann schreiende Werbung loszulassen.)

Huhuu, ich sehe klar – was mich aber erstlich, letztlich nicht betrübt. Ich schreibe meine Sachen, die «Wirkung» ist mir längst absolut wurst geworden. Ich brauche keine Claqueure; doch es ist mein existenzielles Recht, Menschen mit Hohn abzulehnen!

Ich kümmere mich nicht um Menschen, die sich nicht um mich kümmern, sie können zum Teufel gehen.

Ich liebe liebe liebe ein paar Menschen, und das gibt mir Freiheit, ein paar Menschen zu hassen, zu hassen, zu hassen.

«Heiligwerdung» heisst eigentlich nichts anderes als «Impotenzwerdung». Das ist für mich verquakelorurt schiponufiziert aaleweilbribkuzunom bazim in weiter Ferne. ICH LEBE LIEBE LEBE JETZT.

Lieber Ludwig, ich danke Dir, dass Du bis dahin gelesen hast.

Grüsse ganz herzlich,

Dein Paul

Schlanke Winde
musikalisch
wellend tanzend
im silbrigen Licht
wie Schaumkrönchen
auf der Zunge
Weltalltriller
in deiner Hand
          pg

Lieber Ludwig

Habe soeben ein Prosastückelchen geschrieben.

Der Vergleich

S. zeichnete ich durch nichts aus, ausser dass er alles mit allem *verglich*, das Vernünftige mit dem Unvernünftigen, das Verrückteste schien zu passen, ein Fischauge mit einem schwarzen Loch zu vergleichen, fand S. das Allernatürlichste, Sinnliches warf er kopfüber, kopfunter mit Sonnenaufgängen, Sonnenuntergängen, man musste lediglich den passenden Perspektivenpunkt, wie S. sagte, finden, dann wird das Eine wenn auch nicht das Andere, doch die unentwirrbaren Ineinanderverpurzelungen der Dinge und Undinge waren köstlich und eigentlich überzeugend zu vergleichen, eines Tages wurde S.

traurig, da er zu *Stein* keinen Vergleich fand, es machte ihn untröstlich, es liess ihn keine Ruhe, es erboste ihn, er haderte mit seinem Schicksal, denn es waren VERGLEICHE, durch die er sich nicht auszuzeichnen bemühen musste, da sie sich einfach ergaben, die ihm zuflogen, und ehe er sie gepackt hatte, wieder davonflogen, da machte sich S. auf zu seinem besten Vergleich, er verglich sich mit sich selbst und erkannte, dass das nicht möglich war.

Dieses gedankliche Flirren gefällt mir einfach. Das neue Buch mit den sehr bildintensiven Gedichten und den windleichten Prosaminiaturen wird eine gute Sache.

Ich brauche noch ca. 20, 25 Gedichte, und das dauert, da ich zurzeit wenig schreibe; dieser herrliche Sommer «peitscht» mich lebensmässig, erlebnismässig, weintrinkend, pfeiferauchend, musikhörend, lesend, liebestrunken, philosophisch denkend existenziell auf: WUNDERBAR!

Marcel hat es «so verdient», dass ich ihm viel Zeit widme. Das steht eigentlich für mich an erster Stelle.

Nun, der «Würfelwurf» (Mallarmé) ist noch nicht gefallen ...

Wie es auch sei und wird: ich bin komplett frohgemut. Die Authentizität mit mir selbst, mit meinem Schreiben ist und bleibt unantastbar, durch keine Liebe beeinflussbar, veränderbar.

Auf sich selbst hin zu scheitern ist Vollendung – wenn das kein Koan, keine Philosophie ist!

Den kommenden spannungsreichen Tagen schaue ich gelassen entgegen.

Ich wünsche Dir von Herzen ein Rudolf-Steiner-nahes, schöpferisches Wochenende.

Dein Paul

Lieber Ludwig

Sehr schön der Spruch in den goldgelben Kreisschleifen. Das Blumenbord in Deinem Garten ist wunderbar, so etwas Schönes sah ich schon lange nicht mehr.

Liebe Grüsse

Paul

Lieber Ludwig

Heute war ich bei Marco, ich *musste* ihn sehen! Es war so schön, er ist unfassbar sensibel. Er war vor Freude unruhig begeistert von einem Gedicht, dass ich ihm am Sonntag nach der Hochzeit noch gab. Seine Augen funkelten.

Albert gab mir einen Tipp auf Malcolm Lowry, den ich nicht kannte. Ich las bei Wikipedia über ihn und bin – «entflammmmmmt». Ich bestellte heute bei Ex Libris Lowrys Briefe, freue mich riesig aufs Kennenlernen dieser Briefe.

Ich schrieb in den letzten zwei, drei Nächten eine ansehnliche Anzahl Gedichte, ich werde sie nicht mehr dem Buch, das Du für BoD hast, anfügen.

Ich lese immer wieder – mit Unterbrüchen – anthroposophische Aphorismen von Rudolf Steiner, mein Interesse ist geweckt. Doch ich halte es geistig ruhig ...

Ich wünsche Dir herzlich einen tiefen, gesundheiterhaltenden Schlaf.

Paul

Schwerelos vertrillert
die Gedanken
ZU FREIHEIT
   sich verneigend
   vor dir
      AUFSCHAUEND
      INS GRENZENLOSE

*

Es ist
eine gute Philosophie
dem Wind zu vertrauen
ein paar Steinchen zu zählen
   diese in der Hand zu haben

     pg

Wechselnde Winde
wie ein philosophisches Gespräch
auf der Agora

eine Ratte
saust um die Ecke

und ich wache auf
in deinen Armen

Geist ist kein Geist, GEIST I S T LIEBE

Lieber Ludwig

Wenn ich Biografien oder Briefe lese, vergleiche ich nie mit mir selbst, ich lese sie einfach neugierig zur Kenntnis nehmend.

Dass Malcolm Lowry im Leben total gescheitert ist, ist einfach so. Ich bin auf seine Briefe gespannt.

Zu fragen wäre, ob die Reputierten, Arrivierten, Honorablen, Chefbeamten, Polizeioffiziere, Laureaten usw. nicht auch als gescheiterte Menschen diagnostiziert werden müssten, da sie nichts fertigbrachten, ausser eine vorgegebene gesellschaftliche Hohlform zu füllen, weitab von einer Individuation, die zu Neuem führte.

Doch ich will jetzt diesen Gedanken der Umkehrung nicht auf die Spitze treiben.

Liebe Grüsse Paul

Sternenstaubwinde

Lieber Ludwig

Ich habe bereits alles überflogen, fast nichts gefunden. Du hast beim Seitenumbruch sanft eingegriffen: so gut! Ich danke Dir.

Bei Dir kann ich einfach sicher sein. Das Layout professionell korrekt.

ICH BIN GLÜCKLICH.

Der Text auf dem Umschlag hinten einfach gut!!

Ich habe künstlerisch, lyrisch nochmals ALLES gegeben, was ich geben konnte.

Gestern redete ich lange, lange mit Bettina, jetzt Marcos geehelichter Schatz, Bettina ist ein wunderbarer Mensch, wir stehen uns recht nahe. Ich war am Nachmittag an ihrer Hochzeit bei der Gartengrillparty.

Ich schicke Dir «das Gut zum Druck» bald, will einfach nochmals alles «abhorchen».

Ludwig, ich danke, danke Dir ganz herzlich!

Salü, Du.

Paul

Lieber Ludwig

Der Zackenbarsch schrieb ein paar «**Sätze**»:

Das grösste Chaos ist der Kosmos.

Gut, eine liebende Hand in der Nähe zu haben.

Die Astrophysik ist einfacher zu verstehen als dein Herz.

Herzen sind Sternenstaubwinde, nicht zu fassen.

Lichtkurven zu befahren ist mein Metier.

Ich muss staunen, wenn ich sehe, wie sich zwei Menschen im Gespräch gut verstehen – ich verstehe meist kein Wort.

Auch der Halbmond ist ein voller Mond, wir vermögen das – wie so vieles – einfach nicht zu sehen.

Tagsüber, nachtsüber – tagsunter, nachtsunter.

Ich bevorzuge es, die Erinnerung an das, was ich vergessen habe, zu vergessen.

Ich meide es zu urteilen, da die Gefahr besteht, recht zu haben, und *recht zu haben* ist nicht mein Sinn.

Nach einem geistigen Höhenflug fällt es schwer, sich auf dem Boden wiederzufinden.

Wer denkt, klar zu denken, denkt unklar.

Der Mensch philosophiert, Algen bilden Luftblasen: da einen Unterschied zu sehen, braucht reichlich Fantasie.

Ob das eine Mücke oder ein Elefant war, was vor meinen Augen vorbeigeschwirrt ist, ist belanglos zu wissen, die Tatsache genügt, dass etwas vorbeigeschwirrt ist.

Im Gleichgewicht mit sich selbst zu sein, heisst, wenig Mut zu haben.

Ich höre Max Bruch (1838 – 1920): bin hingerissen!

Der Traum ist wie ein Blick durchs Mikroskop auf einen Ausschnitt der Seele.

«Sätze» zu schreiben ist für mich ein grosses Wagnis, ein Kunststück, denn sie dürfen nicht zu allgemein sein, nicht «gescheit» tönen, schon gar nicht belehrend sein, aber auch nicht Kauderwelsch, gesucht ist das Unerwartete, Paradoxe, Verblüffende, den Nagel getroffen zu haben, eine Einmaligkeit ...

Doch die Einfälle kommen nicht in Rudeln, sondern einzelgängerisch.

Liebe Grüsse

Paul

Lieber Ludwig

Das Cover meines neuen Buchs ist wiederum sehr, sehr schön, farblich und vom Bild her wunderbar. Du hattest wiederum viel Arbeit für mich: ich bin von grosser Dankbarkeit erfüllt.

Ich schickte Albert schon seit ca. zwei Jahren keine Publikationen mehr von mir, er macht sich brieflich immer und immer wieder lustig über mein Publizieren; selbstverlegt: «Eigenlob stinkt», rieb er mir u. a. unter die

Nase. Ich reflektiere mein Schreiben seit eh und je, und das hat rein gar nichts mit «Eigenlob» zu tun. Zudem schrieb er mir – ohne konkreten Anlass meinerseits – dass «dein Schreiben meilenweit schlechter sei als du glaubst».

Ich schickte ihm die «Sätze», die ich Dir auch geschickt habe, er findet sie schlecht und bedeutungslos.

Ich schickte ihm auch drei Fotos von Marcos und Bettinas Hochzeit (die ich Dir auch schickte), dazu schrieb er mir. «Sehr romantisch, doch das Leben sieht bald anders aus.»

Was für ein eitler grantiger Griesgram dieser versteinerte Herr Rutz. Mir ein Graus geworden! Im Grunde genommen ist er ja bloss ein x-hundsgewöhnlicher Bildungsbürger, künstlerisch gesehen eine Null, ein Versager. Das spürt er und wird deshalb ranzig. Er ist einer der belesensten Menschen weitherum, doch «positiv» konnte sein persönlicher Horizont nichts gewinnen – im Gegenteil eher. Er wird penetrant unausstehlich. (Sein Humor flammt nur noch kurz auf …)

Ooooh: jetzt freue ich mich auf *«Als wir Fische Vögel Sonnen waren»!*

Bonne nuit.

Paul

Lieber Ludwig

In kleinen Leseeinheiten nehme ich mir immer wieder Rudolf Steiners Aphorismen vor.

Doch hauptsächlich lese ich jetzt C. G. Jung (ich habe ihn in einer Werkausgabe von zwanzig Bänden): sehr, sehr interessant!

Lord Byrons Briefe und Tagebücher sind absolut genial, abwechslungsreich mitteilsam. Ein grossartiges Lesefest! Ein herrlich brillanter Geist und Sprachvirtuose, sein Leben fantastisch «verrückt». Eine weltliterarische Einmaligkeit. Ich bin fassungslos begeistert.

Dein Buch «Abkunft und Vollenden» liegt auch auf meinem Lesetischchen.

Und mehrere grossformatige Riesengedichtbände aus dem Verlag «Der Karlsruher Bote», die ich 1970 und 1971 erwarb (oder geschenkt bekam).

Der Briefband von Malcolm Lowry kommt in diesem Tagen, teilte mir Ex Libris mit. Darauf stürze ich mich natürlich sofort ...

Das noch für heute Nacht gesagt.

Liebe Grüsse

Paul

Lieber Ludwig

Wie bereits gemeldet, entdeckte ich «Als wir Fische Vögel Sonnen waren» im Internet, es ist wie gewohnt sehr schön, ich freue mich riesig.

Ich las recht einiges über Rudolf Steiner und in seinen letzten Texten. Rudolf Steiner polarisiert als Person und mit seinem Werk bis heute sehr heftig – ein bisschen ähnlich wie Richard Wagner.

Rudolf Steiner gehört zu Deinem Lebenswunder.

Du weisst es, ich freue mich immer auf ein neues Weibel-Buch, es ist stets ein Ereignis!

Liebe Grüsse, tief dankend

Paul

Und soeben lese ich noch, dass Du mir nächste Woche fünf Exemplare meiner «Gedichte und Kurzprosa» schicken wirst: ein Fest! Danke!!

Lieber Ludwig

Was für eine Überraschung, heute Dein neues Buch zu bekommen. So schön! Mein Herz klopfte mit erhöhtem Pulsschlag. Ich danke Dir ganz herzlich, besonders auch für die feinsinnige Widmung.

«Deines Seinsgewissens Sinn und Signatur. Aus dem Sein gediehen», schon im Haupttitel und im Untertitel unverkennbar ein GANZER WEIBEL. Ich freue mich auf die Lektüre in diesem Sommer.

Ich kann mir vorstellen, dass Du absichtlich den gleichen Untertitel wie bei «Deiner Bitte füge Ich Vollenden zu» genommen hast, doch sicher kommt mir das nicht vor.

•

Bei Marco ists einfach immer wunderschön!

Alles Liebe und Schöne!

Paul

Ich bete dich an
FREIGEIST
Korallenrot Muschellust
Strominsel Mandolinenhüfte
ich singe das glimmrige Glissando
deines Körpers
verneige mich
vor dem Rotschnabeltukan
umarme die verlornen Sterne
den Kugelhaufen Centauri
küsse dich küsse dich
purpurroter Rosmarinseidelbast
bete trunken deine Lippen an –
Lippen vorgeformt
fürs letzte Schweigen

•

Hinter den Wellen
von Tag und Nacht
die Barke der Sonne besteigen
mit dir Schwester
mit dir Bruder
übers Unwirkliche des Daseins
nachsinnen
Leben zu erleben
handinhand

AUFERSTEHEND
in den Unbegreiflichkeiten
der Natur der Träume
im Wissen des Nachtpfauenauges

•

In der Handschale
das Erste und Ursächliche
(als obs das gäbe)
das Glück des Steins
die Ruhe der Farnkräuter

Orchideen wurzeln
im Erdreich der Uratmosphäre
wagen den tänzerischen Luftsprung
der Oboe
des Notenfähnchens

über die Klippen der Nacht
brausen unbekannte Winde

die Welt ist ein Abnormitätenkabinett
eine Keilschrift von Gespenstern
ein von aller Zeit vergessner Glockenturm

DIES BLEIBT ZU SEHN

•

Liebe als Inflammation
seinsgelüstend
lakritzensüss
milchstrassengerippt
bei auswuchernden Schatten
wenn der Herzschlag stockt

und in der Ferne
das erste Klavierkonzert von Koželuh
zu singen zu träumen beginnt
stürzen wir ineinander

•

Lieber Ludwig

Das soll bei Deinem neuen Buch ja auch sein: ich komme nur in kleinsten Leseeinheiten vorwärts; Deine philosophischen Texte nehmen einen hohen Schwierigkeitsgrad ein, zu dem ich in seiner Kompaktheit nur schwer Zugang finde. Diese Texte sind noch kompromissloser, als es die frühern waren, und die waren schon «kaum zu knacken». Die Sprache ist dauernd tutti fortissimo, das erschwert mir das Lesen beträchtlich. Es kommt mir so vor, dass Du kaum mehr für Menschen schreibst, obwohl Du den Menschen als TOTALE unnachgiebig im Visier hast, sondern für himmlische Geschöpfe, für Götter schreibst – manchmal scheint es mir auch wie ein Selbstgespräch eines Gottes mit sich selbst zu sein. Du sagst angeblich den Menschen, «wos lang» geht, gehst aber im Grunde nicht konkret auf den Menschen ein, sondern gibst elyseischtrunken selbst die Antwort, die Du zum Vorneherein erwartest. ... Du lässt dem Menschen keinen Freiraum, sich zur eignen Freiheit aufzurappeln. Dein Diktat, das Du als Gott durchgibst, zählt, ist gültig, alles, was davon abweicht, lehnst Du vehement ab.

Der «Denkkreis» ist geschlossen. Das ist Dein Genie, dünkt mich aber auch eine Schwäche. Es ist eine autarke Denkweise, die mir recht fern liegt. Du lässt den Menschen nur von Deinen Gnaden leben, jeden Individualismus, jede Andersartigkeit einer Existenz erstickst Du rigoros. Mit Deinem Gott lässt sich «nicht diskutieren», es ist nicht gut Kirschen essen mit ihm. Er gibt gnadenlos den Takt an, wie der Mensch zu spuren hat.

Gewiss, Du meinst es gut, möchtest den Menschen zu höherer Erkenntnis bringen. Und ich weiss, es ist Dir gleichzeitig recht egal, wie Deine Texte wirken (davon ist zuhauf zu lesen) – Du hast sie komponiert, als Diktat (da ist das Wort Diktatur nahe) aufgeschrieben, wie Du erklärst: ooh, ich weiss nicht!

Ich werde in diesem Sommer immer wieder in Deinem Buch lesen – es ist schliesslich wie eine Parallelwelt. Eine Welt, nicht von dieser Welt. Du bist das grösste Geheimnis der Geisteswelt.

Es gab und gibt weltweit nichts Ähnliches in der Art, wie Du denkst und schreibst. Das ist schon ein Abenteuer der unfasslichen Art!

Liebe Grüsse

Paul

Lieber Ludwig

Marcel geht es sehr schlecht, ich bin einfach bei ihm.

«Meditationen eines Gottes mit sich selbst», schreibst Du. Wahrlich, das ist bestens gesagt. Ich schrieb etwas von Deinem «Selbstgespräch» Gottes mit sich selbst.

Ich bin als Lyriker beileibe nicht vom Intellekt geprägt. Ich kenne «andere Untiefen».

Ich liebe Marco sehr, bin von seiner Liebe zu mir tief unruhig gemacht.

Dir, Ludwig, liebe Grüsse.

Paul

Lieber Ludwig

Deine «Gottesselbstmeditationen» sind im gesamten Abendland absolut einmalig, das Morgenland hätte dazu in der ganz andersartigen Denkweise keinen Zugang. Dein Denken und Schreiben ist vollständig ausserhalb von allem, was jemals gedacht und geschrieben wurde, Deinem höhern Ich gutwillig eingegeben, wie Du Dich selbst interpretierst.

Ja, wir sind beide auf dem Weg, Du zur «götterlichten Klarsicht»; mein Weg als Lyriker, Künstler ist anders beschaffen. Mein Weg bezieht die Sinne ein, den Waldkauz, den Wind, die vielblütige Ähre der Nestwurz, den Zehnfusskrebs. Auf Zehntausenden von Seiten bei Dir kein Wort über DIE SINNE, kein Wort über das einzig Sinnstiftende des Lebens, DIE KUNST. Der Geist bei Dir ist in Gefahr, etwas blutleer zu werden. Freier Geist über allen Wipfeln oder so – das ist menschlichkeitsfern.

Du schreibst seit vielen Jahren stets dasselbe, gewiss variationenreich. Haydn schrieb über hundert Sinfonien, alle gleich, eine jede charakteristisch anders, so bei Dir: Auf Tausenden von Seiten alles gleich – und eben doch anders.

Ich frage mich (psychologisch gesehen), warum Du es nicht lassen kannst, den Menschen *zu belehren*, ein Gott sollte seine Schöpfung annehmen, kann man fantasieren, Du nimmst ihn kein bisschen an! Das ist erschreckend. Dein Gott ist gegen den Menschen, ausser er macht, was Du willst. Das ist Indoktrination. Auf Tausenden von Seiten schimpfst Du gegen den Menschen, der nicht so pariert, wie Du es willst. Diese Argumente können sich gegen Gott stellen, siehst Du das? Die Gottesherrlichkeit in Deiner Sicht ist derart, dass keine Kritik mehr möglich ist. Das spricht **für** den Menschen und gegen Gott.

Nun, auf Zehntausenden von Seiten bejubelst Du Dich selbst, das heisst, den Gott, den Du zu vertreten glaubst. Das ist vraiment ein Geheimnis. Ich appelliere dafür, dass der Mensch ein Recht gegen seinen Gott hat! Ein Gott, der gegen den Menschen ist, muss demissionieren!

Schwierig ist, dass Du auf der Ebene der philosophischen Diskussion nicht behaftbar bist, Du lehnst alles ab, das heisst, überspielst alles. Da bin ich chancenlos. Du gehst auf nichts ein.

Gedanklich Interzelluläres ist für Dich keine Rede wert.

Dein Lebenswerk ist absolut umwerfend GROSS, Zehntausende von Seiten von Belehrung macht Dir niemand nach. Unfasslich!

Liebe Grüsse

Paul

«Du gleichst dem Geist, den du begreifst.»

(Goethe, Faust, 1. Teil)

Lieber Ludwig

Ich brachte mein neues Buch Marco: er hatte eine grosse Freude – es war wiederum ganz, ganz schön bei ihm. Wir hatten eine rege Diskussion über RESONANZ.

Ich lese viel C. G. Jung, kommt meinem Denken sehr entgegen.

Jede Nacht, bevor ich mich auf die Reise ins Land der Träume mache, lese ich zwei, drei Seiten des «Seinsgewissens Sinn und Signatur».

Hab ich Dich richtig verstanden: Du schickst mir noch vier Exemplare meines Buchs? Ich werde dann ausnahmsweise und zum ersten Mal der Literaturredaktion von Radio SRF 2 Kultur ein Exemplar schicken, das wird wohl dann DIE GROSSE REPORTAGE des Radios in diesem Jahr; ich werde nur fünf ausgesuchte Interviews geben: eines in Zürich, eines in Wien, eines in Berlin, eines in New York und eines in Hinterchäspfupfingen für die einheimischen Tölpels.

Salü, habs ganz gut.

Herzlich grüsst Paul

Lieber Ludwig

In diesem Monat schrieb ich erst fünf Gedichte, es sind LIEBESGEDICHTE, ich fasste sie unter dem Titel

**Korallenrot Muschellust
Mandolinenhüfte**

zusammen. Ich werde **weit** ausgreifen, LIEBE gehört turbulent zu meinem Leben. (An die *Beständigkeit* der Liebe glaube ich nicht, erlebe sie einfach jeweils elementar, existenziell, stets sich wandelnd.)

Müsste ich eine Werteskala erstellen, stände VERTRAUEN zuoberst; Vertrauen in einen Menschen zu haben kann lange dauern, ist von keinen Turbulenzen abhängig.

Der Geist weht, wo er will, sicher nicht nur von Geist zu Geist. Er weht auch in den SINNEN (in der Liebeslustsinnlichkeit, im Schweigen auf betörenden Lippen).

Herzlich grüsst

Dein Paul

Lieber Ludwig

Was für eine Überraschung das Buch mit den «Anthroposophischen Leitsätzen» von Rudolf Steiner, ich werde mit der Lektüre dort weiterfahren, wo ich im Internet aufhörte.

Ich danke Dir.
(Ich werde natürlich darauf zurückkommen.)

Auch ich wünsche Dir einen prächtigen Sonnentag.

Herzlich grüsst

Paul

Lieber Ludwig

Dass Du mir Steiners «Leitsätze» als Buch geschickt hast, dafür bin ich sehr dankbar, denn ich lese ungleich besser in einem Buch – noch in einem so schönen wie diesem – als auf dem Tablet-Bildschirm.

Nun habe ich mit Deinem neuen Buch und mit Steiner zwei hohe esoterische Brocken, doch es ist schön, immer wieder in beiden zu lesen.

Zu meinem Bücherberg, an dem ich mich zurzeit ablese, kam noch zum Wiederlesen Vladimir Nabokov, den ich unbedingt auch einschieben muss.

Gedichte schreibe ich zurzeit keine, es ist mir vorläufig ein Zuviel, es «rumoren» Liebesgedichte in mir, ich habe in zwei Kapiteln zu schreiben begonnen, doch ich habe keine seelische und geistige Energie, sie kraftvoll zu gestalten.

Marcels Gesundheit belastet mich immer wieder sehr.

Meine Velotouren habe ich bei dieser Hitze wohl übertrieben, jetzt bin ich etwas erschöpft.

Es ist in vielerlei Beziehungen ein intensiver Sommer, das ist schon gut!

Ich bin so froh, Marco als Freund zu haben.

Herzlich grüsst

Paul

Lieber Ludwig

Kannst Du einmal bei Gelegenheit schauen, ob dieser lange Titel für ein BoD-Bändchen-Umschlag möglich wäre?

Korallenrot Muschellust Mandolinenhüfte oder Der Kosmos der Riesenqualle

Der Zeilenfall könnte nach Belieben verändert werden (es dürften auch drei oder vier Zeilen werden).

Diesen Liebeslyrik-Band beende ich sicher nicht mehr in diesem Jahr.

Alles Gute, grüssestens

Paul

Lieber Ludwig

Heute Nacht lese ich «Deines Seinsgewissens Sinn und Signatur» zu Ende, noch ein paar Seiten. In den letzten Wochen las ich jede Nacht ein paar Seiten «Aus dem Sein gediehen», diese Lektüre wurde mir eine tiefe Ruhe, eine schöne, wichtige Sache. Ich freute mich jedesmal, mich darin versenken zu können. Dein Buch ist eine **gewaltige Orgelsinfonie**, die mich existenziell beeindruckte. Musik spricht nicht die Vernunft des Menschen an, sondern ist ein ganzheitsmenschliches Erlebnis. In etwa so erging es mich mit Deinem Buch.

Dein Buch ist eine Emanation aus einem Guss, aus Deinem Glauben, ein Hervorgehen aller Dinge aus dem unveränderlichen (unveränderbaren) göttlichen *Einen* (neuplatonische, gnostische, anthroposophische Geistigkeit), absolut imponierend gestaltet, formuliert. Es ist ein erbauliches, fundamentales Werk für Jahrzehnte, weit, weit überm Durchschnitt auf diesem Gebiet. Ich nahm alles nicht nur tief «zur Kenntnis», sondern auch in meinem Herzen, in meinem Geist auf – dass das bei mir nicht nur Zustimmung bedeuten, sondern auch auf Ablehnung stossen kann, wird Dich nicht verwundern, da Du mich gut kennst.

Gewisse Passagen meiner Lyrik magst Du nicht, das ist doch gut. Gewisse Passagen Deines Buchs mag ich nicht, das ist doch hoffentlich für Dich auch gut, ja? Du hast Hunderte von Glaubensaussagen, da mag ich nicht jeder zu folgen.

Im Grunde genommen liebe ich in der Philosophie glasklare Sentenzen (und kein Hegelsches, Schopenhauersches Schwurbeln). Du machst glasklare Aussagen, das finde ich herrlich – auch wenn die «Vernunft» da wenig zu suchen hat, bei Dir ists auf einer höhern seinsinspirierten Ebene wunderbar, wenn auch nicht nachvollziehbar, so doch erlebbar beeindruckend.

Ganz besonders erlebbar war für mich, wie Du eigentlich mit jedem Satz, mit jedem Abschnitt, mit jedem Kapitel VON NEU anzufangen weisst. Du bist Gottes-Geisttrunken und bemühst Dich mit jedem halben Satz um den Geist des Menschen, um ein höheres menschliches Bewusstsein. Die menschliche *Tiefe* des Menschen, des UNBEWUSSTEN, blendest Du aus. (Vom Sinnlichen und Künstlerischen kein Wort.) Vom Erkennen und Geist der NEUZEIT lese ich nichts.

Träume als Äusserungen der Seele, um es mal so zu sagen, gibt es bei Dir nicht. Überhaupt DIE SEELE, welchen Platz misst Du ihr in Deinem Geistesgebäude zu?

Doch es geht natürlich nicht darum, was in Deinem Buch nicht da ist – das, was DA ist, ist umwerfend gut gesagt, ist wirklich eine *brausende Orgelsinfonie* (ich denke an Camille Saint-Saëns).

Du, ich bin kein Kritiker Deines Werks, sondern ein Liebhaber, und in aller Liebe (bei mir ist es immer und überall mit allem so) gehe ich da und dort auf Distanz; eine Apperzeption ist immer ein philosophisches unterscheidendes Verständnis des Erfassens und Einordnens in Bewusstseinszusammenhänge, Aufnahme von (sinnlich) Gegebenem ins Bewusstsein, Wahrnehmungserfassungen durch Reflexion, eingedenk des Psychischen. (Das Wort Seele fehlt bei Dir, sehe ich das richtig?)

Geist ohne Seele und Sinnlichkeit gibt es nicht. So denke ich.

Dass Du anders denkst, lieber Ludwig, finde ich gut. Deshalb vertiefte ich mich auch in Dein Opus. Deine ganz andern Aspekte sind überlegenswert. (Mir sind sie teilweise zu autoritär, doch das ist einfach meine Sache und kümmert Dich nicht.)

Wenn ich Dein Leben – Dein Lebenswerk – zu überblicken versuche, muss ich einfach sagen, ich kann das nicht, Du bist mir *zu gross*, ich bin zu klein, um an Deine Dimensionen heranzukommen. Da mache ich mir nichts vor. Auf Vieltausenden Seiten jubilierst Du majestätisch, ohne dass sich ein Zweifel einzumischen vermöchte, Deinen GLAUBEN, so etwas kennt die Weltgeistesgeschichte bis jetzt noch nicht. Da verneige ich mich vor Dir.

Leider hatten Deine zwei letzten Bücher sprachlich gesehen über ca. 250 bis 300 Fehler. Du bist ein Sprachvirtuose, hast einen grössten Wortschatz und kannst wie niemand sonst grossartige Sätze schreiben, doch das grammatikalische Sprachbasiswissen lottert mir zusehr. Grundlegendes ist auf Schritt und Tritt falsch. Das ist mir als Sprachkünstler ein Manko.

Ich weiss, das zählt für Dich nicht, für mich schon.

Ganz herzlich grüsst

Dein Paul

Lieber Ludwig

Ich habe eine Vorliebe für lange unübersichtliche, schwer einprägsame Titel. Doch zurzeit firmieren meine neuen Liebesgedichte unter dem einfachen Titel

Tanz in der Muschel

Ich bin weit über alle meine fünfzehn Augen mit Lesestoff eingedeckt, macht mich kribblig vor Leselust.

Ich sehe der Zukunft des Geldes wegen mit Missbehagen entgegen. Ich erwarte für nächstes Jahr endlich Ergänzungsleistungen, sonst streiche ich dann meine Segel ...

Ich sehe Dich auf Kurs. Wünsche dazu die notwendige Gesundheit.

Herzlich grüsst

Paul

Lieber Ludwig

Morgen schicke ich der Literaturredaktion von Radio SRF 2 Kultur meine zwei zuletzt erschienenen Bücher, ich stelle mir vor, a) sie werden sie zurückschicken oder b) sang- und klanglos in den Papierkorb werfen.

Das sind die realen Aussichten eines Self-Publishing-Lyrikers, alles ist so wu-wu-wunderbar, ha!

Mit Albert ist, von meiner Seite vergnügt, ein Briefwechsel im Gang, er meint, Weibel versteht nur Gisi und Gisi versteht nur Weibel, sonst gibt es keine zwei Menschen, die uns verstehen können. Wir sind zu «kryptisch».

Hier ein paar Zeilen von mir an Albert:

«Dass der Hermetismus und Surrealismus nicht Deine Welten sind, verstehe ich mühelos, damit habe ich keine Probleme.

Es gibt aber dafür grosse Namen, Guiseppe Ungaretti, Eugenio Montale (Nobelpreisträger), Quasimodo, Paul Celan usw. Was für eine Wortintensität! Und «eine Befreiung des Geistes aus innern und äussern Zwängen, um zur Erkenntnis der hinter der rational erfassbaren Wirklichkeit liegenden Bereiche des Traums, des

Wahnsinns, der Fantasie zu gelangen» (Abschrift aus dem Literaturbrockhaus). Apollinaire, Breton, Soupault. BEWUSSTSEINSÄNDERUNGEN, Wirklichkeitserweiterungen. René Charr, Luis Bunuel, Salvador Dali, Michaux, um nur spontan wenige grosse Namen zu nennen.

Auch Rilke in seinen «Duineser Elegien» ist hochverschlungen elitär, «schwer verständlich».

Dass das «Kryptische» nicht verstanden werden kann, finde ich doch recht verkürzt angenommen. Ja? Das grossartig Dichterische ist dem Kryptischen nicht per se abzusprechen.

Doch Dein Unbehagen darf ruhig bleiben. Dass Weibel und Gisi nur sich selbst verstehen, hast Du brieflich locker hingesagt, kein Problem, doch es hält einem kritischen Blick nicht stand.

Doch da müsste ich argumentativ w e i t ausholen.

Vergnügt hat mich Dein Script alleweil!»

Henu.

Doch einfach schweigen, ist nicht meine Sache. Ich liebe den Disput (der mir meistens fehlt). Ein virtuoses «Streitgespräch» zu führen, ist etwas Himmlisches, nur gibt es kaum Menschen, die dazu befähigt sind ... Bei Platon und Sokrates wäre das zu lernen. Doch die meisten Menschen bleiben selbstgefällig auf dem Max-und-Moritz-Niveau stehen.

Ich bete zu Marcels Schutzgeistern, es steht nicht gut mit ihm.

Ich bin existenziell froh, Marco als Freund zu haben, er tut mir so gut. Er ist elementar Wasser, Luft, See, Wind, Sonne, Liebe, dem Leben zugetan.

Wie geht es Dir gesundheitlich, lieber Ludwig? Bist Du zwäg? Tag für Tag, Schritt für Schritt. Schreibst Du an einem neuen Buch? Geht was Ausstellungsmässiges mit Deinen Bildern?

Ich wünsche Dir nur das Allerbeste.

Herzlich grüsst

Paul

Blumen tanzen
wie bunte Ballone
in der Muschel
die Sonne verneigt sich
vor dem kleinen Käfer

die Glut des Weins
rast durch mich
ich öffne die Fenster
und begrüsse die Nacht
stopfe meine Pfeife
mit Galaxien

singen tanzen lachen
umarmen küssen
im Weltall
sich zu lieben
in dieser Muschel

fortziehen einziehen

ins Perlmuttgehäusige
DIE HYPOTHESIS
VOR DEM SCHWEIGEN EINÜBEN

pg

Deine drei Stichwörter, lieber Ludwig,

glücklich
gesund
seinsbewusst

habe ich nun abgeschrieben und an die Tür meines Lebenszimmers geheftet. Sie sind so gut!

Vielleicht findest Du eine Zeitinsel, meine ersten zwölf «Muschel»-Gedichte zu lesen.

Herzlich alles Gute, Dein Paul

Erhellungen

Lieber Ludwig

Dein Satz im Bild ist gut in der Weibelschen Eigenständigkeit, auch wenn das Rudolf-Steinersche-Denk-, Weltelement durchdringt. Das wird Dir angenehm sein.

Du hast auf Ende Jahr ein neues philosophisches Buch von Dir angekündigt, ich staune da nicht schlecht, auch wenn ich es natürlich erwartet habe.

Soeben schrieb ich ein weiteres Liebesgedicht, ich lege es bei, es wird nicht die letzte definitive Fassung sein!

Bonne nuit.

Paul

Jetzt bin ich in der Mitte von Rudolf Steiners Buch, «Anthroposophische Leitsätze. Der Erkenntnisweg der Anthroposophie – Das Michael-Mysterium».

Es entspräche meinem Naturell, punktuell auf *dies und das* einzugehen, gleichzeitig «ein Ganzes» bespiegelnd.

Ich möchte das nun hier nicht. Ich fühle mich nicht kompetent – oder höchstens natürlich in meinem Individualismus, in meinem seit Jahrzehnten kritisch geschulten Denken, was ich aber hier nicht anwenden möchte.

Ich möchte bloss sagen: Ich muss immer wieder tief einatmen! Besonders beim Michael-Mysterium.

Du hast mir dieses Buch geschenkt, weil es Dir ganz wichtig ist, dafür danke ich Dir. So kann ich auch Dein

Werk wie mit neuen Augen sehen. Das ist für mich sehr bereichernd.

Paul

Lieber Ludwig

Deine tiefe Zuneigung zu Rudolf Steiner ist – wie jene zu H. K. Iranschär – ein Mysterium Deines esoterischen Lebens, gewiss absolut gut und folgerichtig für Dein Denken, das so geworden ist, wie es ist. Ich habe grossen Respekt davor (den hatte ich nicht immer).

Seinsphilosophisch («seinspsychologisch») bleibe ich stark verwundert über diese Richtung. Es kommt nun nicht drauf an, ob ich zustimme oder nicht, ich versuche, Deine Lebensverbindungen mit Deinen Erhellungen *zu sehen,* da spielt meine Einstellung keine Rolle. Deine Denkpositionen beschäftigen mich, die sind für Dich entscheidend, nach denen lebst und handelst Du.

Ich studiere zurzeit intensiv C. G. Jung, das Gedankengebäude mag ich in den grundlegenden Zügen. (Ganz kritiklos kann das aber auch hier für mich nicht abgehen, was ja völlig normal ist.) Ich will und kann keine zu grosse Nähe zu einem Dichter, einem Wissenschaftler, einem Glaubensverkünder, Denker usw. haben wollen, davon hält mich gottseidank meine ureigenständige Strudelwurmhaftigkeit ab. Ich lasse alle anders Denkenden ruhig leben, erwarte aber auch, dass sie mich, ohne mich zu belehren (der Strudelwurm sehnt sich nicht nach der Natur der Schwalbe ...), leben lassen. Im Sein eine «Stufenwertigkeit» zu sehen, lehne ich ab. Kausale, finale Maximen sind mir ein Graus. Die «Gleichzeitigkeit» allen Seins atmet F R E I und mag keine Denkeinengungen, Denkausschliesslichkeiten.

Ich bin kein bisschen stolz auf mein Denken, muss aber schon sagen, dass ich im ganzen Philosophie- und Glaubenszirkus noch nichts Ähnliches festgestellt habe, das mir nahe käme. Und das spricht nicht gegen mich, eher für mich ...

Mein Denken fliesst in meine Lyrik ein, das soll mir genügen. Früher oder später wird das gesehen, wenn nicht, henu, erschüttert mich nicht. Alles ist vergänglich, auch die «Idee».

Man sieht ja, die Ideengeschichte der Menschheit ist kaum mehr als Papierschlangengezischel. Mal rot, mal blau, mal grün, mal gelb – und schon vorbei!

Nur ein KUNSTWERK kann sich im besten Fall lange halten, sonst wird alles mit dem Staubwedel der Vergessenheit weggekehrt.

In der Weltgeistesgeschichte gibt es kaum ein Dutzend bemerkenswerte Erkenntnisse, das meiste bringt es kaum zu einer Fussnote.

Es gibt Gedichte, Musikstücke, die leben «ewig». Sonst ist «Ewiges» bloss Phantasmagorie. Der menschliche Geist ist Spreu.

Ich lese wiederum intensiv Octavio Paz: das bleibt Überwältigtsein!

Ich denke oft, Ludwig, an Dein schönes Tuskulum, wo Du arbeitest, lebst. Es kommen ja immer wieder schönste Pendelbilder, und bald ein philosophisches Buch.

Ich grüsse Dich herzlich aus meiner Werkstatt in Deine Werkstatt.
Paul

Auge fliesst in Auge
gespensterschattig tränend
das Wort ist kalt wie ein Zahn
schlangenschlüpfrig

aus dem dunklen Kosmos
betört das Glockenspiel
einer Celesta
im Einklang mit Flöte
Violine und Harfe

KOMM ZU MIR!

                              pg

Lieber Ludwig

Ich glühe tief auf, Gedichte von Eugenio Montale, Konstantinos Kavafis und Eduard Mörike lesend.

Mit der Rudolf-Steiner-Lektüre pausiere ich etwas, da ich intensiv C. G. Jung lese.

Marco sah ich gut zwei Wochen nicht, da kam gestern von Bettina und Marco ein langer, langer handgeschriebener Brief (von Marco zusätzlich ein Mail): ich bin existenziell erschüttert von ihrer Zuneigung, ihrer Freundschaftsliebe, ihrer Sensibilität.

Ich wünsche Dir alles Gute und Liebe.

Dein Paul

              •

Träume verflochten mit Nacht

zu schweigen im Wahnsinn
zu singen im Wahnsinn

deinen Atem bewohnen

im Arrak WELT erkunden
im Glyzinienblau
mit Schiwa tanzen
Gegensätze umarmen küssen
endlich nichts mehr zu wissen
GEWICHTLOS WIND ZU SEIN

•

Dein Wesen im Andante der Nacht
in der Odyssee im Teichrosenweiss
im Singen des Kometenschweifs
ich finde dich
in den Trillern der Sterne
IN DER SEINSBLENDUNG

aller Zufall fällt weg
aber *dein Wesen* bleibt bestehn

•

Sonnenaufgänge Sonnenuntergänge
sind dein Puls dein Lidschlag

der Geist irrt ewigs
findet keinen Ankergrund
in den Jahrmilliarden

vor dem Abgrund
im Schaukelstuhl sitzen
Gedichte von Pablo Neruda lesen
Luigi Boccherini hören Joan Miró sehen
AN DICH DENKEN
weinen und lachen
dazusein

•

Lieber Ludwig

Du hast mir drei Sprüche geschickt, zwei gefallen mir.

Eduard Mörikes Gedichte und Novellen zu lesen, ist ein Fest. Lese zurzeit «Lucie Gelmeroth»: wunderbare, spannende, ergreifende Dichtung!

Ich versuche mir vorzustellen, wie Du in Deiner Klause das philosophische Buch schreibst.

Manchmal denke ich mir, Du bist ein sehr einsamer Mensch – doch dann denke ich daran, wie tief Du verbunden bist mit dem Geist, dann werde ich beruhigt.

Bei mir ist das Einsamkeitsgefühl wiederum stärker geworden, gerade auch, wenn mich Depressionen streifen.

Mein Liebesgedichteband *«Tanz in der Muschel»* soll drei (oder vier) Kapitel haben, das erste Kapitel ist abgeschlossen. Nun will ich mich zum zweiten Kapitel aufmachen, doch momentan fällt mir nichts ein ...

Ich wünsche Dir von Herzen noch einen guten Abend.

Dein Paul

DER WALDKAUZ SPIELT PANLFLÖTE
sphinxisch verträumt WISSEND
Meere Sterne Wälder Wüsten sind berauscht
im Urknalllied
der menschliche Atem stockt
fiebrige Zeit umrankt das Sein
das Alles das Nichts
Friede Liebe ruht in deiner Hand
DER WALDKAUZ SPIELT PANFLÖTE

                                  pg

O lieber Ludwig

Ich fühle auch immer wieder, dass mein Werk Dir partiell nahe ist, und das ist sehr schön. Über Dein Werk schrieb ich schon viele, viele Male lang, lang, es ist mir auf weiten, guten Strecken nahe – auch wenn ich auch schon stürmisch etwas davontriftete.

Es gibt bei beiden von uns Bereiche, die wir beim andern offen zur Kenntnis nehmen, sie aber gefühlsmässig und denkerisch nicht ganz teilen. Das kann gar nicht anders sein.

Mit lieben Dankesgrüssen

Paul

Lieber Ludwig

Ich musste grosse Schreibhindernisse in mir abbauen, doch ich glaube, ich eroberte mir eine neue FREIHEIT

ZU SEHEN und so auch Zusammenhänge liebeslyrisch zu komponieren, wie es sie vordem noch nie gab.

Das zweite Kapitel heisst *«Bis ich deinen Sumpfwaldfarben nahe bin»*, ha, wer hat schon einen «Sumpfwald» gesehen? Nun, wer noch nie von einem Sumpfwald geträumt hat, soll meine Gedichte bittescheen nicht lesen, der verstände doch nichts!

Dieser Lyrikband wird lebenstrunken, liebestaumelnd, melodiereich farbekstatisch in der Gesamtkomposition und im Wortwahldetail.

Ich geniesse es, LANGSAM voranzukommen, denn das Schreiben ist für mich existenziell unersetzbar.

Ich kann es mir leisten, viele Einfälle wegzulassen, weil immer wieder «bessere» kommen.

Ich wünsche Dir sonniges, warmes Wetter für eine Velotour.

Liebe Grüsse

Paul

D**EINE AUGEN SIND ORGELKORALLEN**
Klang und Schönheit in Vollendung

im Gaukelspiel des Seins
blitzt verzauberte Erkenntnis auf
zinnoberrot gleissend weiss
bacchantisch tanzend

DEINE AUGEN SIND ORGELKORALLEN

Lieber Ludwig

Paul Gisi

Warm-und-Kaltluftwinde der Psyche

Ein paar Gedanken zum Lyrikschreiben

I

Gedichte sind wie ein Fallwind, ein Basilikumduft, ein sich in einen Traum stürzender Saxofonton. Gedichte sind Intarsien des Schweigens, Streifenbarben, doldiger Sumpfhornklee, Sterne des Bärenstroms, Entflammungen. Gedichte müssen nicht hinterfragt werden, sie schwingen sich aus ins Herzinnere.

Unerforschte Länder, die Terra incognita des Seins – und die gibt es im Menschen *innen* zuhauf – gilt es in der Topologie der Fantasie zu entdecken.

Wer Gedichte schreibt, kann nur *unrettbar* Gedichte schreiben, unerbittlich befreit auf sich selbst hin, auf inkommensurable Verlorenheiten. Vorgegebenes, Längstbekanntes taugen für keinen einzigen Vers. Das Neue in der Genauigkeit und gleichzeitig im Flimmern ergänzt sich absichtslos im Bild, harmonisch, disharmonisch, gleichsam entspannt in der dynamischen existenziellen Evidenz.

Es geht im Gedicht um Neues, das noch nie gesagt, erkannt worden ist.

Zusammenhänge zu knüpfen, auch dort, wo es auf den ersten Augenschein gesehen keine gibt, das ist das Wesen des Gedichts. **Das Auge der Gespensterkrabbe eine Sonne.** Alles, was *ist,* ist sinnlich und mit allem verbunden. Vom Geist lässt sich – crescendo, decrescendo – nur singen in den Farben und Formen der Schöpfung, auf den orbitalen Umlaufbahnen der Seele, in den Intervallen des Herzens, *dinglich* schöpfungstrunken.

Die Fische
wissen es längst
was uns
niemals
einfallen wird

Meine Gedichte haben keine Botschaft, lieben lustveralgt die Liebe, sind Brandungsgeröll der Nächte, Luftströme, Balalaikaklang. Meine Gedichte sprechen *dich* an, obwohl ich dich nicht kenne, obwohl ich nicht weiss, wer du bist: ein Seeelefant, eine Schneckennatter, ein Mensch, eine Supernova? Das ganze Sein ist mir eine Partitur für meine flockenleichten Wortbilder. *Alles* zu singen ist mir wichtig, auch das Schweigen.

Letztlich – erstlich – ist alles Liebe. Die blauschwarzen Heidelbeeren, in facto die Unwägbarkeiten der Lust, die Mandoline, Spiralnebel. Sich den glockigen Hyazinthenblüten zu nähern, indem man mit ihnen spricht, was für ein Glück. Alles ist sich geheimnisvoll nah, auch das Entfernteste ist nur ein Atem lang entfernt. Ein- und ausatmen in der Ekstase des Daseins. Das ist das Elementare, Einfachste des Herzschlags. Das pocht an das Universum.

Entgegengesetztes wird im Puls eine Einheit. Silbriges Spinngefäde im Wort, frieselnd unter die Haut gehend. Ich weiss nicht, um was es mir geht. «Erkenne dich selbst», das ist viel.

Aufs lockige Entschwindende zu horchen, auf einem mit Achat inkrustierten Tisch in der Nebelglocke Liebesgedichte zu schreiben, mirable dictu, und dabei rohrdommelgefleckt weiterzuschreiten, schweifend, immerzu, unaufhaltbar. So ist der Lyriker.

Von den in allen Farben schimmernden Traumscherben reden, den aufflammenden Illuminationen, den wilden Improvisationen der Fantasie, reich wortorchestriert oder betörend sphärisch schlank wie eine Sonate, so sind Gedichte, die aus meinem Tintenfass kommen.

Gedichte sind strauchig verbunden in den Traumrissen, eine Kantilene im Unterbewusstsein, inspirationsentflammt, geheimnisvolle Ströme der Seele. BILDER DER WELT.

Es gibt keine Sicherheiten, keine tauglichen Vorgegebenheiten; Gedichte leben auf Abruf, Gegenruf, Du-Zuruf, stets veränderbar, es geht um RUFWEITEN DER LIEBE, existenzielle Farbveränderungen, Tonartwechsel, ums Ausgeliefertsein in Warm-und-Kaltluftwinden der geheimnisvoll dunklen Psyche, Bildüberlagerungen, Bilderweiterungen, Bildveränderungen in Sinnbildern der Inspiration, in Ekstasen der Lust- und Welterfahrungen, Erstarrungen und Befreiungen in neuen Interpretationen, um polyperspektivische Sichtweisen aus dem Kern des Ichs, ums Ausgeliefertsein den Wasser-und-Dampf-Fontänen der «Erinnerungen», Flucht vor der Angstsuggestion, mal rettungslos, mal zielführend rettend.

Kunst ist keine Therapie, keine Lebenshilfe, sondern eine Lebensverunsicherung, wenn man ein gutes Gedicht liest, «entsetzt» ein geniales Bild betrachtet, ratlos wird bei ergreifender Musik. *Ein erstauntes Sichselbstbegegnen.*

Vogelleicht singend, schweigend in Liebeslust – angstverwuchert: das Gedicht kommt vom *ganzen* Leben her, tanzend sonnenwärts, von den Algen des Wahnsinns umzüngelt. Das Geistige ist durchs Sinnliche getränkt, im Becher der Nacht.

Mit dir auf dem Zweimastersegelschiff horizontnäher ins Ungewisse zu fahren, Seeadler im Herzen, Windstürze auf der Zunge: dies ist die FREIHEIT des Gedichts.

Welt im Auge des Fischs.

II

Winde, Luftströmungen, Wellen, Zittergras, Brandungsgeröll, Aurorafalter, Sternbilder: ich rede von Gedichten. Von Liebesgedichten. Die Namen der Schöpfung, der Geschöpfe zu *nennen,* das ist schon POESIE.

Von Winden, Sternen, Lurchen, Fischen, Blumen nur schon zu reden, ist eine Liebeserklärung ans Leben. *Alles* in meinen Gedichten ist Liebe, jubelnd singend, vom Schweigen berührt und existenziell erschüttert.

Was für ein Liebestaumel: Rosenklee, Kiemenfüsser, Seeschlangen, Sandkrebse, Meteore aufzuzählen, über Milchstrassen zu wandern, *vor dem Abgrund im*

Schaukelstuhl zu sitzen und zu singen. Da ich das liebe, schrieb ich «*Tanz in der Muschel*».

Zusammenhänge zu SEHEN, stets verwandelt, in irren Traumassoziationen die kompromisslose Nacktheit des Lebens, des Erkennens in den Formen und Farben der menschlichen Existenz darzustellen; sich der Evidenz der Daseinslust anzunähern, Schöneres gibt es nicht.

Gedichte sind Liebeserklärungen ans Sein, ans Leben, an den Atem, an die Schönheit, an die Lust, an die Schöpfung, an die Geliebte, an den Geliebten. Eine existenzielle Erregung. Durcheinanderwimmelnde Schwärme von Insekten, Heringen, Zugvögeln, kosmischen Lichtbrüchen, Sternrotationsachsen, Kelchwürmerträumen. Ob «gross» oder «klein», im Prisma des lichtdurchlässigen Liebesgedichts funkelt die Melodie, irrlichtert das Ineinanderfallen zweier Menschen, steigt der Gesang auf in der FREIHEIT, die unersetzbar ist – grenzenbefreit in den Gedanken und Gefühlen.

Leben ist Liebe ist Tanz ist Gesang in der Muschel: *Konkret* in der Begeisterung, in der Ferne, leidenschaftlich unerreichbar nah.

III

Kometen, Meteore, Sonnen verwandeln sich in Seesterne, werden Knochenzüngler und Schuppenräuber, Träume des Seins, Annäherungen der Verzweiflung, an Liebeslust, an geheimnisvolle Strömungen des Glücks. Dies zu singen, zu geigen, prachtvoll orchestral ins Schweigen hinein zu entfalten auf Notenlinien menschlicher Zuneigungen. Töne setzen wie Rabenflüge, wie das Lachen eines Südwinds oder eines Fliegenden Fischs.

Das Gedicht benötigt die unendlichen Freiräume der Träume, des cherubinischen Geistes, der wolkenziehenden Inspiration, die Akkorde des Horizonts, die Arpeggios der Liebe, die Barbitursäure des Lebens.

UNSTILLBARE SEHNSUCHT NACH SCHÖNHEIT.

Schönheit anzubeten in einem nackten Körper, im Waldkauzauge, in einem Cellokonzert. Auf dem Atem des Geliebten, der Geliebten in Traumstürmen über Meere der Fantasie in die Ferne segeln, das leistet das Gedicht.

Nie anzukommen, immer unterwegs sein: das sind Gedichtzeilen.

Ha, Du siehst, es chlämmerlet beim Zackenbarsch. Bon.

E guete Morge.

Paul

Lieber Ludwig

Ein kleines farbiges Nachtgrüsslein.

Paul der Muscheltänzer

IN ROT GRÜN BLAU GELB UND WEISS
im Sumpfwaldmorastbraun
in Vogeltrillerfarbkaskaden
die Welt tanzt für dich
erfindet stets neu die Sonne
den Wind das fischsilberne Firmament
du bekommst unzählbare Welten geschenkt
IN ROT GRÜN BLAU GELB UND WEISS

pg

Lieber Ludwig

Klar und schön: phasenweise lebe ich ganz in der Kunst, im Schöpferischen. Die Frage nach dem SINN, Gedichte zu schreiben, nagt mehr und mehr an mir ...

Ich versuche, positiver zu denken, auch wenn konkret kaum was dafür spricht.

Ich danke Dir herzlich für den Korallengruss.

Dein Paul

Die Milchstrasse
eine Libelle
in deinen Augen

Wolken spielen
Mandoline Laute
Banjo Bratsche
der Himmel
feiert Liebe

deine Wimpern
geflügelte Sonnenscheiben
Binsenrispen

leidenschaftliche Nähe
in dieser Entfernung

Doppelsterne Scorpii
legt euch
zu mir
ins Bett
wir lieben uns
zu dritt

                pg

Lieber Ludwig

Fürs vierte Kapitel fand ich den Titel *«Auf deinen Lippen die Segel hissen»*, die Gedichte werden orgelnd, hier das Auftaktgedicht:

Wer endlich SIEHT
sieht die Wahrheit
dass es keine Wahrheit gibt
es gibt nur *Gemälde*
von Lotosblüten Visionen Ekstasen
von Wirklichkeiten Täuschungen
leere Formen Erleuchtungen Transformationen
Energien Leidenschaften
BILDER DER LIEBE
GESÄNGE VON DIR

in deinem Atem *offen* sein
für die Einheit von Leere und Erscheinungen
AUF DEINEN LIPPEN DIE SEGEL HISSEN
dem Licht vertrauen
so zu tun als ob es Erkenntnis gäbe
umherirren sich finden
lachen weinen meditieren
mit Regentropfen tanzen
w a h r n e h m e n

Ich liebe es, Eremit zu sein. Aus dieser «Mitte» heraus kann ich ALLES schreiben, ich muss nicht nach links oder rechts, unten oder oben schauen, in welchem Jahrhundert ich lebe, es IST LIEBE, wovon ich schreibe, und wenn es nicht nuklear wintern wird, wird man mich auch später lesen ...

Unsere Zeit ist zu neunundneunzig Prozent ein übles Lügengespinst.

Nur in der Kunst gibt es u. U. Schönheit, Sensibilität, annähernd Wahrheitsliebendes. Sonst darf alles bachab geschickt werden, je schneller desto besser.

Du, Ludwig, lebst, verwirklichst anderes, das ist schön, bewundernswert. Dafür mag ich Dich.

Dein Schreiben will ja keine Kunst sein, sondern esoterisches Gottsein-Diktat. Was für ein Geheimnis. Belehrung. Missionarischer Apostel-Eifer. Prophetische Kühnheit. In Deiner Glaubensverkündigung gibt es keine Zweifel. Credo in unam sanctam catholicam et apostolicam ecclesiam.

Du schreibst quasi von einem spirituellen Katheder aus, stringent «hörig» von Deinem Diktierenden aus ...

Nimmst Du Dir in Deinem neuen philosophischen Buch nicht mehr individuelle Freiheiten? Du hast nun Zehntausende Seiten Diktat niedergeschrieben, schreibst Du jetzt nicht mal 150 Seiten urindividuell Weibelsche Gedanken? (Ohne «Ich» und «Mir» usw. gegen jede Sprachregel gross zu schreiben, sondern einfach *natürlich.*)

Mein Sprachgefühl bäumt sich heute noch auf, dass Du «Ich» gross schreibst und «dein» klein. Ich hab das auf Deinen Zehntausenden von Seiten NIE akzeptiert. Manieriertheiten mag ich nicht (selbst Rudolf Steiner hatte kaum Sprachsonderlichkeiten, auch wenn er inhaltlich für mich «dicke Post» ist, die mich in Rage bringen kann).

Geist und Sinnlichkeit, in meinem Denken, in meinem lyrischen Schaffen manifest. Auffallend: Du reagierst nur auf «Geist», Sinnlichkeit lässt Dich indifferent.

Ein Buch über Dich zu schreiben, hui, ich sähe bereits mindestens achthundert Seiten! Du würdest staunen. Du bist «vielfacher», als Dein Glaube Dich ausweist, als wie Du Dich auf Deine Belehrungen zurückziehst. «Glaube» und «Leben» sind bei Dir eine ausserordentliche Einheit, doch für mich als alter Psychologe und Menschenkenner kämst Du nicht so schnell davon …

Herzliche Grüsse Du

Paul

Lieber Ludwig

Ich bin sehr froh um Deine verständnisvollen Briefe.

Die Weltlage lässt mich oft nicht schlafen, habe Albträume. Habe begonnen, nicht mehr jeden Tag mich zu informieren, die Last wird mir sonst zu schwer, zu gross.

Dein Credo ist wunderbar, stärkend.

Darf ich nochmals mit einer Frage kommen? Du hast mir einen Doppelzustupf geschickt, doch er reicht nicht bis zum 6. Oktober.

Leber Ludwig

Ich bin sehr froh um Deine verständnisvollen Briefe.

Die Weltlage lässt mich oft nicht schlafen, habe Albträume. Habe begonnen, nicht mehr jeden Tag mich zu informieren, die Last wird mir sonst zu schwer, zu gross.

Dein Credo ist wunderbar, stärkend.

Lieber Ludwig

Es tut mir Leid, dass Du heute am Telefon meinetwegen recht ungehalten warst, wegen meiner erneuten Zustupf-Anfrage. Ich dachte mir, dass 200 Franken vom 23. September (dann bekam ich Dein Geld) bis zum 6. Oktober reichen müssten, zusätzlich 100 Franken von Brändle. Das sind 13 Tage, also pro Tag 23 Franken, rein rechnerisch gesehen.

Da ist Leben nicht mehr möglich, reicht nicht für ein Frühstück, Mittag- und Abendessen, geschweige denn die Ausgaben für Hygiene usw.

Ich spare sehr, teile gut ein – doch wenn nichts mehr da ist, ist nichts mehr da. Du bist reich und siehst die Armut **konkret** nicht so ganz. Das ist um himmelswillen kein Vorwurf, doch zu konstatieren ist es schon.

Du unterstützt mich schon viele Jahre, dafür bin ich Dir unendlich dankbar. Doch dass es nicht immer so läuft (meistens schon!), wie ich plane, wie Du meinst, dass es gehen müsste, kann ich meistens verhindern, doch diesmal bei diesen wirklich allüberall erhöhten Preisen ging es mal nicht.

Verzeih mir bitte.

Nächste Woche habe ich einen Gesprächstermin mit Herrn Verastegui, meinem neuen Beistand. Auch in Bezug auf die zu erwartenden Ergänzungsleistungen nächstes Jahr werde ich ihn ansprechen, doch ich weiss jetzt schon, dass er das nicht zu sagen weiss.

Alle Menschen, die ich kenne, sind entsetzt, dass ich bei meinen kleinen Einnahmen (AHV und etwas von ProLitteris) keine Ergänzungsleistungen habe – da hat mich der Staat nun ZEHN Jahre abgestraft, dass ich nach meiner Frühpension (und die Schuldenrückzahlungen, die dannzumal gemacht werden mussten) die Pension durchgebracht, sie nennen das «verprasst» habe, was eine verdammte nicht haltbare Unterstellung ist!!!

Sozialhilfeempfänger und IV-Bezüger erhalten mehr Geld. Frau Näscher, die frühere Beiständin, sagte mir, in ihrer ganzen Karriere kenne sie niemanden, der so wenig Einnahmen wie ich habe.

Die Nebenkosten (Gasheizung und Strom) werden wesentlich höher, wie das bezahlbar sein werde, ist noch schleierhaft.

Wie ich finanziell durch dieses Jahr komme, ist auch schleierhaft.

Lieber Ludwig, ich verstehe Deine Unruhe, doch Deine Formulierung, dass Du nicht da seiest, um bei mir alles AUSZUBÜGELN (so von Dir gesagt am Telefon), hat mich verletzt.

Ich musste jahrelang WÜRGEN, niemals ein Restaurantbesuch, niemals ein Cognac, keine Kleider kaufen usw. usw., und jetzt mir einen Vorwurf zu machen, da es einmal nicht ging bei dieser verbrecherisch hohen Teuerung, finde ich nicht berechtigt.

Mit Deinen Zustüpfen konnte ich mich doch irgendwie durchschlängeln, und ich habe nur ganz, ganz wenig nach mehr gebeten, und als ich jetzt einmal um mehr gebeten habe, hast Du doch sehr harsch geantwortet.

Du hast mir Publikationen ermöglicht, die es ohne Dich nicht geben würde, das ist für mich eine künstlerische existenzielle Bereicherung, für die ich immer sehr dankbar sein werde.

Meinen neusten Liebeslyrikband *«Tanz in der Muschel»*, ich darf sagen, es wird einer der besten Lyrikbände eines Schweizer Lyrikers, möchte ich vielleicht gar nicht mehr publiziert sehen. Meine Lebensenergie ist im Sinken.

Lieber Ludwig, diesen Brief darfst Du keinesfalls irgendwie vorwurfsvoll auffassen, das wäre von mir her niemals angedacht, beabsichtigt.

Ich bitte Dich herzlich, mich nicht aufzugeben bis Ende Jahr, dann sollte ich Ergänzungsleistungen bekommen (sicher bin ich mir nicht, war Frau Näscher auch nicht).

Jetzt habe ich noch 10 Franken, reicht das zum einige Tage Überleben??

Dass Du in Deinem Leben keine Geldsorgen hattest, ist natürlich schön. In den letzten fünf Jahren zu leben war für mich eine Qual.

Ich wünsche Dir eine gute Nacht.

Herzlich grüsst

Paul

Lieber Ludwig

Mein Liebesgedichteband *«Tanz in der Muschel»* habe ich von Grund auf neu strukturiert, ergänzt, gekürzt, umgeschichtet.

Er wird nur drei Kapitel haben:
-
  - I Tanz in der Muschel
  - II Sumpfwaldfarben
  - III Rauschbeeren

Kapitel III ist beendet (dies soll eher kurz sein), Kapitel I und II werde ich in den nächsten Monaten wesentlich umfangreicher ausgestalten, es «muss» ein dickerer Gedichtband werden.

Was für eine Überraschung: Albert hat mich für nächste Woche am Dienstag zu einem Nachtessen in einem Rorschacher Restaurant eingeladen, ich schlug ihm ein amerikanisches/mexikanisches vor, «Stars und Stripes». Er freut sich sehr, mich wieder mal zu sehen (wir sahen uns viele Jahre nicht mehr), ich freue mich auch, ihn wieder mal zu sehen – und uns mündlich auszutauschen.

Dann kauft er auch die riesengrosse zwölfbändige Kassettenausgabe der Tagebücher von Edmond und Jules Goncourt, die ich ihm schon vor Jahren anbot.

Dieses Treffen mit einem Freund, mit dem ich jahrzehntelang verbunden war und auch turbulenteste Szenen erlebte, zuneigend, ins Schweigen sich zurückziehend, freut mich riesig.

Lieber Ludwig, unsere Freundschaft überlebt doch gewiss das letzte Telefongespräch, das aus meiner Not heraus kam. Dass Du nicht dazu da bist, meine Not einfach weiterhin «auszubügeln», verstehe ich, doch ich bitte Dich, vorerst einmal bis Ende dieses Jahrs die Zustüpfe weiter zu senden, kannst Du damit einverstanden sein?

Ich informiere Dich umgehend, wenn ich etwas über Ergänzungsleistungen weiss, was für Anfang des nächsten Jahrs im Raum steht. Auch ich möchte meine Beziehung zu Dir auf der finanziellen Ebene entlastet wissen, ich würde existenziell aufatmen.

Lass mich bitte bis dahin nicht hangen, ja? Dein Schweigen seit Donnerstag schmerzt mich gerade jetzt.

Mit grosser Erwartung (auch ein bisschen mit Unruhe) blicke ich Deinem neuen Buch entgegen.

Ich danke Dir.

Liebe Grüsse

Paul

Lieber Ludwig

Ich danke Dir für Deine Briefzeilen, die mich ganz froh machten; «allmählich beginne ich wieder aufzuleben», teiltest Du mit. Das freut mich sehr. Hoffentlich stellen sich bei zunehmender Gesundheit die Lebenskräfte wieder ein.

Ich hatte heute den Gesprächstermin mit meinem neuen Beistand Herrn Verastegui, er ist feinfühlig und kompetent.

Dafür, dass Du, Ludwig, wieder bereit bist, mein neues Gedichtbuch «Der Tanz in der Muschel» für BoD zu editieren, bin ich dankbar. Es ist fürs nächste Jahr vorgesehen.

Ich wünsche Dir in allbekannter Manier von Herzen nur Gutes.

Dein

Paul

Mit dem Wissen
des Schilfrohrs

Lieber Ludwig

Der Zackenbarsch hört frühklassische herrliche Musik, nippt AVERNA, das ist ein sizilianischer mediterraner Kräuterlikör aus einer geheimen Mixtur, ein Geschenk des Mönchs Fra Girolamo ... Ein Göttertrünklein!

Dein neues Buch wird wohl bereits in der Zielgeraden sein, kann ich mir vorstellen. Du lässt Dich von gesundheitlichen Sperenzchen nicht abhalten. Das ist gut! Ich bin sehr gespannt.

Mich erfüllen die Gedichte von Mörike.

Mark Twains Reiseschriftstellerei «Die Arglosen im Ausland» ist ein toller Ritt ...

Ich winke Dir herzlich zu.

Paul

Unsichtbares
wahrnehmen

wie ein Flötenton
die Ferne
nah in dir

Lieber Ludwig

Mark Twain ist gewiss sehr amüsant zu lesen, doch künstlerisch ist er nicht allzuhoch einzuschätzen. Deshalb legte ich ihn weg und nahm Hermann Brochs grossen Roman «Der Tod des Vergil» wieder vor, der hat genialen Zuschnitt! Broch ist zu den ganz grossen

Schriftstellern des 20. Jahrhunderts zu rechnen, ich habe sein Gesamtwerk in fünfzehn Bänden (zudem eine Biografie), alles natürlich früher gelesen. Jetzt werde ich vieles von ihm neu lesen, es lohnt sich.

Heute war ich in St. Gallen, machte zwei tolle Fotokopien, ich schicke sie Dir bald postalisch.

Traf auch einen frühern Freund aus meinen «Ostschweiz»-Jahren, wir vereinbarten, uns zu schreiben und bald wieder bei ihm zu treffen.

Im Zug nach St. Gallen schrieb ich:

Ich bin mit dir dort
wo das Leben beginnt
im Fischauge im Sonnentanz
jede Stunde ist neuer Weltanfang
im Pokal der Lust des Rauschs

bunte Vögel ziehn vorbei
singen in fremden Sprachen
so schön kann alles sein

ein Lindenbaum
möchte die Wahrheit wissen
und fliegt zur Venus auf

ich fühle mich wurzelwohl
im unverständlichen Traum

«*Tanz in der Muschel*» könnte ich jetzt durchaus als beendet ansehen (noch wenige Feinschliffe), doch ich warte zu, da ich dennoch ein paar weitere Gedichte beifügen möchte. Ein paar kurrlige Gedichte mehr würden diesem «Tanz» gewiss gut tun ...

Wie geht es Dir, Ludwig, alles in allem?

Ganz herzlich grüsst

Paul

Lieber Ludwig

Deine Absicht, Dich für mich einzusetzen, zeugt wiederum von Deiner Güte und Hilfsbereitschaft.

Da muss ich zu Beginn hier aber sagen, ich möchte das nicht, Du darfst das nicht.

Mein Beistand Herr Verastegui wird bei «Ostschweizer helfen Ostschweizern» ein Gesuch stellen, das möchte ich dem Berufsbeistand überlassen, ohne dass sich «ein Dritter» auch in der besten Absicht heraus dreinmischt.

Auf meine Gesprächsanregung hin, als ich bei ihm war, wird er bei Pro Senectute ein Gesuch um einen Notbeitrag stellen; er sagte mir, er arbeitete bei Pro Senectute und glaube nicht, dass was daraus wird, doch er wird es versuchen.

Zudem gibt er ein Gesuch um einen Steuererlass ein – und eben die Hauptsache: ein Gesuch um Ergänzungsleistungen. Das will ich ganz dem Profi überlassen, der auch genügend Unterlagen von mir hat.

Über mein «Hilfsverhältnis» mit Marcel, von dem Du schriebst, ist zu sagen, das gibt es nicht. Ich unterstütze ihn nicht, wie Du darauf kommst, ist mir schleierhaft. Marcel ist mein langjähriger Freund und Nachbar, er ist völlig autark, autonom, unabhängig von mir, es besteht KEINE wirtschaftliche (finanzielle) Beziehung, weder von ihm zu mir noch von mir zu ihm. Unsere Beziehung ist eine rein *menschliche*. Wenn Du anderes folgertest, so ist das reine Fantasie von Dir und hat nichts mit der Wirklichkeit zu tun.

Bei einem Unterstützungsgesuch in irgendwelcher Art Marcel ins Spiel zu bringen, wäre zweifelsfrei total unangebracht, deplatziert, das darfst Du, Ludwig, niemals machen! Das ist aus der Sicht von Marcel und von mir nicht nur unstatthaft, sondern einfach falsch, entbehrt jede Wahrheit und Wirklichkeit.

Herr Verastegui wird an meiner Wohnsituation nichts ändern, das versicherte er mir, er findet es menschlich gut und richtig, dass Marcel und ich im gleichen Haus wohnen. (Herr Verastegui ist auch der neue Beistand von Marcel.)

Er sieht, dass der Lebensunterhalt für mich sehr tief, zu tief ist, doch im Gesamt sieht er mein Budget als ausgeglichen an und ist nicht beunruhigt. Immerhin das, bon.

Alors, lieber Ludwig, mache N I C H T S «in Causa Gisi», ich danke Dir für Deine beste Absicht, müsste aber alles Konkrete in dieser Beziehung ablehnen.

Liebe, herzliche Grüsse

Paul

Dein Herz eine Mandoline
Soloinstrument des Universums
unter den Baumriesen der Milchstrassen

mit Rosenöl
salbe ich dich
singend
achte lichtirr
der galaktischen Schatten nicht

    pg

Lieber Ludwig

Gerade in diesen Tagen durfte ich erleben, dass Du auf meiner Seite bist, das ist für mich sehr schön.

Manche Sorgen stehen an: Marcel – auch mit Bettina und Marco ists zurzeit schwierig. Es ist so gut zu leben, auch wenn man spürt, dass die grossen Ströme vom Geist her nicht kontrollierbar sind ... Das Unbewusste, das Numinose sind stärkste lebensbestimmende Kräfte.

Du schreibst an Deinem neuen Buch, ich zweifle nicht, das wird wiederum in Deiner Art eine schöne Einheit.

Dankend, Dir zuwinkend, grüssend

Paul

Lieber Ludwig

Ich wünsche Dir von Herzen ein ganz schönes Wochenende, nahe all dem, was Dir lieb ist.
Paul

Mit schlanken Fingern
greift das Nocturne
in die Welt
versilbert tanzt die Spinne
im Sternengespinst
und wie ein Harfenglissando
verzaubert ein Lächeln
dein Gesicht

wir wollen zusammen
von Sonne zu Sonne ziehn
Wind sein überm Strom
Glockenton der zur Liebe ruft
mit dem Wissen des Schilfrohrs
sich im Schweigen wiegen

schau
dort in der Ferne
vollendet sich alles

Lieber Ludwig

Ich schicke Dir mit diesem Brief die Word-Datei meines neuen Lyrikbandes. Er ist beendet. Ich habe die «Themen», die Fülle der Motivik ausgereizt, viele, viele Bilder für Liebe gefunden.

Ich kann und will mit Liebesgedichten nicht weiterfahren, es bestünde die Gefahr «der Wiederholung» in der Bildgebung. So ists genug!

Soll das Erscheinungsjahr 2022 oder 2023 sein? Was meinst Du? Wenn es bis ca. Ende November erscheinen könnte, könnte es 2022 heissen – wenns in der Herstellung später würde, denke ich an 2023 (wäre vielleicht besser?).

Innerhalb eines Kapitels alles fortlaufend, musst Dich also um die Seitenumbrüche nicht kümmern.

Haupttitel «Tanz in der Muschel» bei Möglichkeit auf einer Zeile.

Liebe Grüsse und bereits jetzt schon für Deinen Einsatz vielen Dank.

Salü

Paul

Trunken tanzend Seeanemonen
Sonnen Wind Menschen
EKSTASE DER LIEBE
     in der Muschel

     das Aufblühen deiner Augen

mit dir *singen*
herzeins
mit dem Notenschlüssel der Träume

Jean Sibelius` Humoresken für Violine und Orchester
ein Vogel auf der Schulter

ANBETUNG GESCHIEHT

                        pg

Lieber Ludwig

Du schreibst vom Sein her, ich schreibe aufs Sein hin, dionysisch, nah am Traumirren, einer «Irrheit», die deutbar, interpretierbar ist in der Daseinsliebe. Über unsere Verschiedenheit liesse sich viel sagen, zum Beispiel, dass sie gar nicht so verschieden ist ...

Mein «Muscheltanz» hat, so glaube ich, ein paar lyrisch substanzreiche Farbtupfer erhalten, doch ich brauche noch etwas Zeit, um diesen Band so zu beenden, wie ich möchte.

Ich hoffe, es geht Dir gut, Ludwig.

Liebe Grüsse

Paul

Lieber Ludwig

Der Tag sollte 34 Stunden haben und ich müsste 20 Augen haben, damit ich all das lesen könnte, was ich möchte. Jetzt habe ich schwerpunktmässig wiederum Hermann Broch vorgenommen (ich habe ihn in 17 Bänden). Einfach mitreissend, grossartig, absolut bereichernd.

Und schon beginne ich, kurz nachdem ich Dir den «Muscheltanz» schickte, neue Gedichte zu schreiben. Ich habe bereits einen Grundstock. Ich teile später mit, es ist jetzt noch alles zu offen ...

Wie geht's Deinem neuen Buch? Ich freue mich darauf.

Ich wünsche Dir eine gute Nacht und morgen einen schönen Sonntag.

Herzlich grüsst

Paul

«Schiller lesen
Paul Klee betrachten
bei Chopins Regentropfenprélude»
       pg

Lieber Ludwig

Ich beginne, intensiv Schiller zu lesen: was steht mir da noch Bedeutendes, Schönes, Begeisterndes bevor! Ich bin glücklich, Schillers frühe und späte philosophisch-ästhetischen Schriften bis jetzt in mein Alter hinein zurückgestellt zu haben (ich habe Schiller seit über 50 Jahren), ich fühle mich jetzt reif und *offen* für Schiller (für sehr, sehr vieles von ihm).

Jetzt lese ich in zehn Büchern «gleichzeitig»...

Ich wünsche Dir einen interessante Abend.

Paul

Lieber Ludwig

Dein BoD-Umbruch sitzt wiederum tadellos, ich danke Dir ganz herzlich.

Den «freien» Biografieteil – diesmal «dichterisch» anstatt bürgerlich – nehme ich auf Seite 48, das ist doch o.k. – die Leerseiten sind nicht nötig. (Hab das schon gemacht.)

Mit dem Korrekturlesen beginne ich ab morgen mit grosser Freude.

Ooh. Ich freue mich riesig auf das Erscheinen dieser Liebesgedichte.

Wenn ich Dir alles zurückschicke, sähe ich gern den Umschlag.

Das ausgewählte blaue Bild schickte ich Dir bereits: ich bin verliebt in es. Bestürzend schön!!!

Bonne nuit.

Paul

Lieber Ludwig

Sowas wie dieser Liebesgedichteband gab es noch nie. Ich hab ihn durchkorrigiert: Layout allerbestens. Inhaltlich gewiss furorisch einzigartig.

Wenn Du alles nochmals überfliegen würdest, bekäme ich noch mehr Sicherheit. (Also bloss ein Auge werfen auf den Buchablauf.)

Inhaltlich stehe ich gerade krumm singend erstaunt für mich ein, hohoo.

Ich werde morgen nochmals alles durchchecken. Ich schicke Dir morgen Abend alles. Der Zackenbarsch zaudert nicht …

Ich DANKE Dir für Deine exakte Arbeit, für Deine Mühe, für Deine Bereitschaft, Dein Entgegenkommen – für *alles*!

Liebe Grüsse

Paul

Lieber Ludwig

Die grossen Wortabstände habe ich ausgemerzt; das unpassende Bindestrichlein sah ich und ist bereits weg. Danke für Deine Aufmerksamkeit.

Bei den Gedichten gab es einige versale Verse, die habe ich bei Bedarf optisch zeilengerecht gemacht.

Für den hintern Umschlag hast Du mir zwei Vorschläge, beide sind uuaaah SOO gut. Danke für Deinen Text.

Ich möchte gern mein Lieblingsgedicht «ERSCHÜTTERT VON DER SCHÖNHEIT DES SEINS» auswählen. Dieses kleine Rondo finde ich sprachlich und inhaltlich liebenswert gelungen – es ist ganz ich (in meinem Lieben, meiner Sprache, meiner Bildhaftigkeit) ...

Morgen (Nachmittag / Abend) also kommt die definitive BoD-Fassung.

Lieber Freund, dass Du dieses Büchlein «phantastisch begeisternd» findest, macht mich trunken glücklich. Oooh!

Salü Paul

Dvořáks Cellokonzert
wurzelnd in der Sehnsucht
gipfelnd in der Schönheit

du komm näher
in Kussnähe
wir vollenden die Welt

            pg

Lieber Ludwig

In Deinem gestrigen «Nachtwache»-Mail schicktest Du mir zwei schön eingerahmte Denk-Sinnsprüche ganz aus Deinem Kosmos. Ich danke Dir.

Wie heisst Dein neues Buch? Mit Titel finde ich es im Internet wohl besser ... (doch ich finde es natürlich so oder so).

Jetzt höre ich Carl Philipp Emanuel Bach, ist mir eine grosse Freude.

Ich wünsche Dir einen beflügelten Abend.

Herzlich,

Paul

Lieber Ludwig

«Dem Sein geweiht» ist ein treffender Titel, *das* Signum, Zeichen, Symbol, Charakteristikum Deines ganzen Denk- und Glaubenslebens. «Weihen»: in besonderer

Weise geheiligt, in den Dienst Gottes gestellt, erhaben, würdevoll, feierlich. Dieser Titel BIST Du, so schön! Untertitel: «Bewusste Meditationen». Als Lyriker bleibe ich immer wieder bei einzelnen Wörter hangen, das kann nicht anders sein. «**Bewusste** Meditationen». Auf diese Meditationen freue ich mich. Was meinst Du mit «Bewusste ...»? Gibt es *unbewusste* Meditationen? Was wären Meditationen, die nicht bewusst wären? Meditationen allein, genügte das nicht? Ist «**bewusste** Meditationen» nicht ein bisschen zu nahe an einer Tautologie, eine Sprachfügung, die einen «Sachverhalt» doppelt wiedergibt?

Halte mir bitte zugute, dass ich **nicht** spitzfindig argumentiere, mich interessiert echt, warum Du zu Meditationen *bewusst* hinzusetztest. Meditationen sind philosophische, religiöse, mystische, kontemplative Geist-reiche, ins Leben und individuelle Dasein tief versunkene Betrachtungen, Überlegungen, Nach-Denkensweisen, Achtsamkeiten – und die können nur bewusst sein.

(Meditationen, die nicht bewusst wären, wären keine Meditationen.)

Ist also das Adjektiv «bewusst» nicht überflüssig?

Vielleicht magst Du mir sagen, was Deine Überlegungen waren; mir mag ein Denkaspekt nicht eingefallen sein. Weise mich darauf hin.

Dein neues Buch wird auf dem Zenit, auf dem höchsten Punkt Deines Denk- und Glaubenshimmelsgewölbes sein, mit Bezugspunkt zum Menschen, bemühend, ihn zum Geistigeren hinaufzuziehen. Du bist ein Prophet, ein Apostel, ein Himmelsbote, ein Missionar, absolut eifrig in Deinen vieltausendseitigen Predigten, Verkündigungen, geistlichen Erbauungen, Belehrungen. Du bist im Strom der Glaubens- und Geistesgeschichte eine absolute Singularität, ein Einzelseiender, ein Seltenheitsjuwel.

Wer kann Dich verstehen? (Das ist Dir egal, ich weiss.) Dennoch, einem Priester ist niemals egal, was seine Schäflein machen. Du nimmst Anteil am Schicksal der Anempfohlenen.

Nur: es gibt Menschen, die die EXISTENZIELLE FREIHEIT gegenüber allem und alles lieben, die überfährst Du. Deine triumphale Siegesgewissheit über das Gute des Menschen macht es mir manchmal schwer, Dich zu lesen. Dass die Menschheit dem Seligsein entgegentritt, wiederum jetzt, wo der Planet Erde vom Menschen verwüstet wird, hinterlässt bei Dir keine Meditationsspuren. Das ist schwer zu begreifen.

Es gibt kein Sein «über den Wassern», sondern nur ein Sein in der Liebe, in der Qual, im Geigenrochen, in der Doldigen Schwanenblume, in Deneb, in der Balalaika. Und immer FREI von jeder Konfession, von jedem Glauben, jedem Dogma, jeder Konvention. Da bleibe ich unbeinflussbar urjung, hahaa.

Siehst Du, Ludwig, wo mein G E I S T ist, sein darf?

Du bist für mich ein Geschenk, Ludwig. Hilfst mir in meinen Nöten, bist mein jahrelanger Verleger. Ich spürte, Du warst nahe dran, mich aufzugeben, ich danke Dir, dass Du das nicht getan hast. Ich wäre verzweifelt, verloren.

ICH DANKE DIR.

Liebe Grüsse

Paul

Lieber Ludwig

Lesen, lesen, lesen: herrlich verrückt! Hermann Brochs grosse Hofmannsthal-Studie – jetzt bin ich intensiv Joseph Roth zugewandt. Ich liebte ihn schon vor Jahrzehnten.

Liebe Grüsse

Paul

Lieber Ludwig

Die Leseprobe Deines neuen Buchs «Dem Sein geweiht» habe ich bis Seite 18 gelesen. Wie immer: Du schreibst aus einer innern Notwendigkeit und Authentizität heraus, das spürt man, das überzeugt. Du bist Prophet und Psalmist in einem. Alles strömt aus Deiner Lebens-, Seins- und Glaubensmuschel, die offen ist mit Gedankenperlen, die nicht von dieser Welt sind. Es ist ein grosses Staunen über Deine Meditationen; Du gibst den Takt, die begrenzende Wellenlänge Deiner Meditationen vor, und das beschränkt denjenigen, der mit-meditieren möchte. Da schmälerst Du die Freiheit dessen ein, der offen meditieren möchte.

Nimm das nicht sosehr als Kritik, sondern als Charakteristikum Deines Schreibens, seit Jahrzehnten wohlbekannt. Du weichst kein Jota von dem ab, was Dir angeblich diktiert wurde. Das ist Deine Stärke, Deine Schwäche, beides.

Ich freue mich aufs weitere Lesen Deines Buchs; was Deine Glaubensdirektiven mit Meditationen zu tun haben, durchschaue ich nicht. Nun, Dein Schreiben ist Dein Geheimnis – als Geheimnis will ich dieses Buch lesen. Der Puls der Menschlichkeit ist immer wieder zu spüren (wenn Du mal nicht belehrst, was selten ist), das ist gut.

Schade, dass Du ein Apostel bist – und kein Künstler, sonst würdest Du das LOB des Menschen und des Seins anders finden. (Du krittelst mir ein bisschen zu viel am Menschen herum.)

«Dem Sein geweiht», das kann ich jetzt schon abschätzen, ist ein sehr guter Weibel – leider kommt nichts Neues hinzu. Doch der alte Wein ist wunderbar ...

Dich freut, wenn meine Gedichte «geistiger» werden (das ist eine esoterisch-anthroposophische Position – mir zu Steiner-nah und stimmt für meine lyrische, existenzielle Entwicklung nicht), mich hätte es gefreut, wenn Deine Texte etwas sinnlicher, sinnenfreudiger, sinnenbejahender würden – das **ganze** Leben umfassend.

Es gibt unendlich viele Lebenswege. Für mich ist der Weg zum Geistigen hin nur akzeptabel, wenn er alle Geschöpfe liebend mitmeint. Geist ohne Geschöpfe ist kalt und leer und grausam nichts.

Bei Dir ist der Mensch das einzige Thema – wo ist ALLES andere? Du hast eine unendliche Höhe erreicht, die mir aber zu kalt ist. Ich meditiere frei: ***Dein Mensch ist bei Dir in sich menschenfern.***

Du hast eine Johann-Sebastian-Bach-Nähe, erreichtest ein ABSOLUTUM. Doch wie mir der Zugang zu Bach erschwert ist, ist mir der Zugang zu Deinem Schreiben erschwert, intuitiv, philosophisch. Gedanklich lässt sich kaum was bei Dir nachvollziehen (das willst Du ja auch nicht), gefühlsmässig S E H E ich die Welt in vielen andern Farben.

Dein Glaube ist für Dich gut, Ludwig, doch zu meinen, es ist auch gut, dass er auf andere Menschen mit ganz anderm Denkhintergrund übertragbar sein sollte, ist ein Irrtum.

Viele Wege führen nach Rom, und es ist vielleicht besser, wenn sie nicht nach Rom führen ...

Nochmals: Ich freue mich auf Dein Buch. Nur, wenn ich dann vielleicht nur wenig schreibe, nimm es mir nicht krumm. Noch kein Mensch in Deinem Leben hat Dir so viel wie ich auf Deine Bücher geschrieben, das bin ich totsicher. (Ich glaube nicht, dass auch nur ein Mensch wie ich alle Deine Bücher liest – es ist fast unmöglich, alles von Dir zu lesen, das geht einfach nicht: Tausende von Seiten immer dasselbe.)

Ich lese Dein neues Buch bestimmt, doch ich befürchte, es fällt mir einfach nichts mehr ein, Neues zu sagen. Es wird in mich einströmen; meine Natur ist nicht dermassen beschaffen, alles gut zu finden.

Doch was heisst schon «gut»: ha! Da liesse sich seitenlang philosophieren, fernab jeder Konvention, jedem Denkmuster.

In keinem Buch von Dir tritt Dein individueller Weibelscher Denkstandpunkt hervor, als ob Du keinen hättest, Du verschanzt Dich absolut immer hinter dem nicht Angreifbaren, dass Du Gottes Stimme bist, Seinsinkarnierter, der alles so oder so besser weiss und kann.

Da fragte ich mich (als Freund, Psychologe) besorgt: Was ist los mit Dir? Wie kommst Du dazu? (In dieser Ausschliesslichkeit des Denkens gab und gibt es weltweit nichts Annäherndes.)

Dein Herz, Deine Hilfsbereitschaft sind auch welteinmalig.

Und als Pendler-Grafiker bist Du auch welteinmalig neu (das sagte ich schon vor Jahren).

Man sagte, Vivaldi habe sein gleiches Konzert 600-mal geschrieben, ich paraphrasiere, Weibel schreibt sein immer gleiches Buch 60-mal.

Dein Nachruhm wird also noch kommen.

Die «Wiederholung» habe ich bis jetzt vermieden.

Dieser Brief, Ludwig, soll um himmelswillen «kein harter Brocken» sein – lache einfach vergnügt, wenn Du mich nicht verstehen solltest – oder anders denkst (was Du darfst, was ich erwarte). Du meinst stets, dass Deine Gedanken auch für andere Menschen gültig sein sollten, so ticke, denke ich überhaupt nicht. Ich bin froh, wenn andere Menschen anders als ich denken, das befreit mich. Ich lebe nicht im Diktat einer göttlichen Meinungsdiktatur (das wäre doch auch eine Meditation, erst noch eine f r e i e). [Freie Meditationen gibt es bei Dir nicht, alles ist bei Dir vorgegeben.]

Deine instrumentale Satzsinfonik ist wie stets sehr schön, bei den Wortkonnotationen stimmts oft einfach nicht. Nicht jedes Wort passt in einen Satzzusammenhang, in eine Sinneingebung.

Das ist ein bisschen auch Deiner Riesen**viel**schreiberei anzulasten.

Gewiss ist, «Dem Sein geweiht» ist ein grosses geheimnisvolles Werk, das kann ich jetzt schon nach dem Probelesen vorausschauend einschätzen. (Deinen Untertitel «Bewusste Meditationen» finde ich unpassend; mit «Bewusstsein» hat Dein Buch nichts zu tun, mit «Meditationen», wie ich diese im letzten oder vorletzten Brief charakterisierend formulierte, auch nichts.)

[[[Uff, Du hast zu viele Sprach-, Schreibfehler.]]]

Es krümmt sich mein Herz: viele **Hunderte** von Fehlern in Deinen letzten Büchern. Das ist nicht leicht zu veranschlagen. Du bist eben kein Literat.

Doch ich weiss, ohne Lektorat und Korrektorat sind die meisten Schweizer Schriftsteller Sprachversager, ungenügend.

Doch Du machst das grammatikalische Ungenügen wett mit Deinem oftmals virtuosen Satzstil, der aber in Gefahr ist, sich stets zu wiederholen in der Grundstruktur.

Dennoch: Es bleibt ein ERLEBNIS, Dich zu lesen. Oftmals unerwartet verblüffend, wie Deine Sätze ausgehen, enden. (Wenn sie nicht einfach elysiumstrunken verblubbern oder in *gehabter Manier*, was das auch sei.)

Du bist unfassbar. Dein Schreiben ist unfassbar. Ich liebe Deine Unfassbarkeit. Da ich Dich tief kenne. (Ich glaube nicht, dass Du meine Lyrik tief kennst. Nanntest meine Lyrik von vor Jahren naiv, zu meiner Sinnlichkeit hast Du keinen Zugang.)

Wunderbar, Ludwig, dass wir uns austauschen können.

Liebste Grüsse

Paul

Das Wort
wie eine Glaskugel
klare Vollendung
im Lichtgespinst

Paul Gisi

Lieber Ludwig

Ich plane eine Minipublikation in meiner geliebten **Edition Lucrezia Borgia,** mit Umschlag insgesamt acht Seiten, klammergeheftet, Auflage: 20 Stück.

Was meinst Du, kannst Du mir als Weihnachtsgeschenk einen Batzen dazu beisteuern? Ich zeige Dir dann die Rechnung – doch das wird noch wenige Wochen dauern.

Paul Gisi
Sumpfblutauge
Liebesgedichte

Paul Gisi, Lyriker, trinkt gern Wein, liebt die Liebe und die Träume, liebt das Leben, liebt klassische Musik und Belcanto, liebt das Denken («tagsüber, nachtsüber – tagsunter, nachtsunter»), liebt die Freiheit, liebt Tuschbilder des Zen-Meisters Sengai und van Gogh, liebt Gedichte von Mörike, liebt Mozart und raucht gern Aristophanes`sche oder Xenophanes`sche Pfeifen.

«Sumpfblutauge»
für mein Korallenwelschen in Liebe

Es fehlen mir noch ein paar wenige Gedichte.

Ich wünsche Dir herzlich einen weitern ganz schönen Sonntag.

Paul

Lieber Ludwig

In meinem *«Sumpfblutauge»* gibt es nochmals Liebesgedichte, die zu meinen besten, schönsten zu zählen sein werden. Ich schicke Dir dann das Gesamt.

Du schreibst wohl bereits wieder an einem neuen Buch. Wir beide sind nicht dafür bestimmt, *keines* zu schreiben. C'est ça. Ich habe schon manchmal gedacht, jetzt bin ich ausgeschrieben, doch dann fällt mir wieder etwas einfach ein, drängt mich zu formulieren.

Du mit dem «Seinshintergrund» bist da in einer formidableren Position, ja? Deine Diktate sind «unendlich», und das ist doch herrlich.

Ich «be-reflektiere» mein Schreiben dauernd, suchend, abtastend, ausweitend, einschränkend. Wie ist es bei Dir? Notierst Du wirklich (unkritisch) jeden nächtlichen Diktateinfall? Das ist ein Wunder. (Zuweilen auch eine Fahrlässigkeit.)

Und Deine Bücher sind Wunder, kaum zu fassen. Als WUNDER stehen sie auch wie erratische Blöcke da, sind nicht zu erklären, vonwoher sie kamen, kommen. Man kann sie nicht deuten. Dein Seins-, Glaubensfeuer ist ein Grossbrand, wie die Menschheit es noch nie erlebt hat. Davor verneige ich mich – auch wenn ich mich etwas davor in meine eigne Freiheit retten muss. (Eine gewisse Eigenständigkeit gegenüber Rudolf Steiners «Geistkomplex» wäre individuell angebracht, meine ich unmassgebend.)

Doch Du bist der Ludwig Weibel mit Deinem gigantischen Werk, das macht mich letztlich sprachlos.

Irgendwie bist Du «unnahbar», bist halt ein Wunder.

Liebe Grüsse

Paul

Lieber Ludwig

Was für eine grosse Freude, dass Du die Kosten für die kleine Edition übernehmen kannst; dass Du zuerst wissen möchtest, wieviel das kosten wird, begreife ich voll. Sobald ich Konkretes weiss, informiere ich Dich – und frage Dich nochmals an. Und dann wirst Du entscheiden.

Es sind Liebesgedichte, der Titel lautet: «*Sumpfblutauge*». Sie sind eine Fortführung von «Tanz in der Muschel».

Glühend blühend
im Makrokosmos
das Denken das Fühlen
der Ursprung
DAS SINGEN

Gleichnisbilder
der Quellen der Mündungen

von Urzeiten her
S E H E N wir uns
in diesem Augenblick

•

Seiten total: 8 (ca. 20 Gedichte). Mit Bostiches geheftet. Auflage: 25 Exemplare. Selbstverlag: Edition Lucrezia Borgia.

Mich freut das riesig. Denke mir, dass ich im neuentstehenden Kulturcafé in Rorschach fünf Exemplare auflegen kann.

Ich denke mir, dass ich in den nächsten nahen Nächten alles fertig habe, und dann hole ich mir in der Druckstube Nänni in Rorschach eine Offerte, die ich gern Dir unterbreite.

Doch zuerst kommt «Tanz in der Muschel»: so wunderbar!

Dein letztes Pendelbild ist wiederum entzückend!

Ich denke mir, in Deinem «Dem Sein geweiht» ist wiederum der GANZE Weibel zu finden mit all seinen sprachlichen und inhaltlichen Eigenheiten und Verwunderlichkeiten, die Du, das war schon in der Leseprobe ersichtlich, in prachtvoller Fülle entfaltest hast. Da spielt meine persönliche Denkeinstellung die kleinste Rolle, ich fühle mich gewachsen, fähig, Deine (andere) Grösse bewundernd zu *sehen*.

Bettina (sie schrieb mir einen langen handgeschriebenen Brief) und Marco sind so rührend mit mir, beim letzten Treffen wurden meine und Marcos Augen feucht vor Zuneigung.

So, jetzt fehlen mir noch zwei (drei, vier) Gedichte für *«Sumpfblutauge»,* ich bin bebend haltlos verliebt in dieses Rosengewächs [doch es geht mir natürlich nicht um Botanik]. Was für ein Farben- und Formenrausch in Schönheitsvollendung – da kann man nur noch das Universum in Liebe anbeten.

Liebe Grüsse Paul

Wurzlige Erinnerungen in den Flammenarmen der Sonne

Lieber Ludwig

Ich habe nun das *«Sumpfblutauge»* fertig geschrieben, will es morgen, übermorgen nochmals mit dem Stethoskop der Wortanalyse, dem Violinschlüssel für C-Dur, der Segeltauglichkeit der Fünfmastbark, dem Anker für Weltallhäfen abhorchen, Windstärken überprüfen, Bildrhythmen nachvollziehen ...

Es sind 26 Gedichte, ich glaube, sie sind sehr gut gelungen.

Dein Mörike-Zitat! Ja, DAS ist grosse Lyrik, die ich liebe.

Zu Deinem Sinnspruch: «Du *lässest* dich vom Wind bewegen...»: «Lässest» ist sprachlich arg veraltet (siehe Duden), ich wies Dich schon mehrmals darauf hin. Zeitgemäss muss es heissen: «Du *lässt* dich ...»

Dass ich mich vom Wind bewegen lasse, ist Dir gut bekannt, und da lese ich: «und weshalb nicht von Mir». Ich kann nicht anders, als Deinen Spruch auf mich beziehen: ist das in Deiner Willensabsicht? «Du lässt dich vom Wind bewegen?, frag Ich dich»: «Du lässt Dich vom Wind bewegen» ist eine Frage, warum fehlt das Fragezeichen?

Pardon, Aphorismen verlangen das Präziseste an Sprachrichtigkeit, ... der Geist kann sich nicht über die Rechtschreibung setzen.

Ich bin nicht sprachpinkelig, doch Deine Ungefährheiten, Ungenauigkeiten machen mich unruhig. Sinnlich einfach und exakt ist besser als vage euphorische Denkhöhenflüge (nicht nur in der Prosa, sondern auch im Gedicht).

Doch das sind einfach sehr lockere Einfälle von mir. Bei Dir sieht es anders aus.

Du müsstest mit dem oder das oder was oder was auch immer, der, die, das Dir pausenlos diktiert, ein Hühnchen rupfen, er, die, das, sie, es macht es sich voreilig zu einfach. (Von zehn Einfällen taugen höchstens zwei.)

Ich glaube, selbstkritisch «kürzen» ist Dir unbekannt.

Nun, Du bist einfach gut in Deiner Art, die an nichts Bekanntes anknüpft; Dein Denk-, Glaubensmuster ist absolut einmalig, wer es nachvollziehen kann, nun, darüber machst Du Dir offensichtlich keine Gedanken. DU B I S T – und wer sonst noch? (Trotz missionarischem Eifer ist Dir das egal. Das ist auf Schritt und Tritt bei Dir zu lesen.)

Lieber Ludwig, das sind ein paar unwichtige Gedanken, denke aber nicht, dass ich mich überall irre ... Deine Welt bewegt mich existenziell sehr, zustimmend, ablehnend. (Anderes kannst Du nicht annehmen.)

Du schreibst und denkst wie aus festgefügten Jahrhunderten heraus ohne Gegenwartsbezug. Das macht Dich unnahbar. Dies erfüllt Dich natürlich in Deiner spirituell-anthroposophischen Überzeugtheit, was für Dich richtig und gut ist. Das respektiere ich.

Es ist ein Wunder, Dich zu kennen, Dich als Freund und Mäzen zu haben, ich bin so dankerfüllt.

Es gäbe noch vieles zu sagen, doch ich bin k.o.

Liebe Grüsse

Paul

Lieber Ludwig

Dein Brief ist sehr überlegenswert. Dass wir uns eigentlich gut verstehen, so denke ich auch.

Die geistige Welt – die materielle Welt, da gibt es eben für mich nicht so eindeutige Grenzziehungen. Deshalb ist es auch nicht möglich, mich im geistigen oder materiellen (sinnlichen) «Lager» zu orten, diese Einteilung entspräche meinem Leben, meinem Denken nicht.

Bewusstes Denken *ohne* das Unbewuste (Unterbewusste) ist nicht weit gedacht (sic. Psychologie). Das Geistige ohne Einbezug des Dinglichen ist (mir) zu leichtgewichtig, lebensfern ...

Ich komme wesentlich, entscheidend vom FANTASTISCHEN her, und das ist völlig ausserhalb der Denkkoordinaten von Geist und Materielles, da wird die Unterscheidung, die Trennung unwichtig – das heisst: sie gibt sie gar nicht.

Das dualistische Denken der Zweiheit, des Gegensätzlichen, der **zwei** Grundprinzipien des Seins, ergeben höchstens im Sicherzgänzen Sinn; ich betrachte die Gegenüberstellung von Gott – Welt, Leib – Seele, Geist – Stoff als überholt (noch aus dem Mittelalter stammend), es geht ums ineinanderverschlungene Miteinander, da bin ich meinen Ansichten zu Liebe nahe, auch zu Zen und Koan.

Ich lasse mich <u>niemals</u> **führen** ausschliesslich vom Geist oder ausschliesslich vom Materiellen, vom Sinnlichen, das wäre für mich ZU ENG gedacht.

Im Traum gibt es auch keine Trennung Geist – Stoff, da ist alles komplexer, undurchschaubarer, hintergründiger, offenliegender oder verdunkelnder, grenzüberschreitend kühner. (Blendest Du da Wesentliches des Lebens nicht einfach einer Doktrin zuliebe aus?) [Mit einem *Glauben* sich einer Wahrheit zu nähern, geht einfach nicht. Früher dachte man so – doch heute geht das geistesgeschichtlich nicht mehr.]

Die Diaphanie – das Durchscheinende – von ALLEM, das Oszillierende von ALLEM, auch das VERBINDENDE, dem ist mein Leben, mein Denken, meine Kunst nahe.

Da habe ich jede überlieferte konventionelle Denkkategorie weit hinter mir gelassen.

Zuordnungen zu einer veralteten Zweiersystemdenkordnung treffen mich nicht. Da bin ich anderswo ...

* *

Finanziell nähere ich mich schwierigstem Gewässer, habe nur noch wenig Geld. Ich bitte Dich herzlich um einen Zustupf – geht das?

* *

So, nun gibt's bei mir noch Himbeeren, getränkt in Kirsch und mit Vanillecrème.

* *

Marcel geht's schlecht, ich bin ratloser denn je.

* *

Schlaf gut, verbünde Dich mit den Träumen.

Herzlich grüsst

Paul

Lieber Ludwig

Grosse Freude: der Muscheltanz ist gekommen.

Die Umschlagsfarbe gefällt mir sehr, also bitte nicht ändern. Es ist innig (dunkel)blau, sehr, sehr schön.

Ich danke Dir für alles.

Bald mehr.

Herzlich grüsst

Paul

Lieber Ludwig

Ich danke Dir, dass Du die Kosten der Edition «Sumpfblutauge» übernimmst. Sie ist für mich – inhaltlich – ein Juwelchen!

Alles Gute, Dein dankbarer

Paul

Wohin mich die Sehnsucht auch zieht
dorthin wo die blaue Blume zu finden ist
ins azursilberne Gespinst der Träume
des Liebesmuschellieds

es sind wurzlige Erinnerungen
in den Flammenarmen der Sonne
ATEMWOGEN
PULSSCHLÄGE
SELBSTERKENNEN

    endlich sich befreien
in den geriffelten Auffächerungen
von Lust und Mass
wie Baumwolleflaum
im Vierhimmelrichtungenwind tanzen
   zu sagen
   J A !

Paul Gisi

Lieber Ludwig

Aaaaah, nun also sind die Liebesgedichte *«Tanz in der Muschel»* und *«Sumpfblutauge»* DA, beide für mich selbst ein Wunder ... (Ich freue mich auf die weitern vier Exemplare vom Muscheltanz von Dir, von Ex Libris kamen auch schon bereits zwei); «Sumpfblutauge» gibt es in 25 Stück.

Jetzt schreibe ich, was ich nicht zu schreiben verhindern kann: LIEBESGEDICHTE.

Sie heissen *«In Flammenarmen»*.

•

Galaxien Tanzschritte der Oboe
im Schatten der Linde am See
Schmerzkunde Ineinandersichten
sommerüber zweier Liebender
im Möwenschrei DU-verschlungen

DUNKLE URSTUNDEN RUFEN DICH AN

sich zu irren vor dem Vergessen
befreit

Welt in deiner Hand bleibt

•

Ich fragte Dich kürzlich einmal an, ob Du in Erfahrung bringen konntest, ob bei Books on Demand dann und wann ein Büchlein von mir gekauft wird?; es ist einfach meine Neugierde.

Gern heisse ich Dein «Dem Sein geweiht» bei mir willkommen, wenn es hoffentlich bald den Weg zu mir findet. Ich bin zurzeit (wie immer) bis über alle meine siebzehn Ohren in Lektüre versunken, doch täglich ein paar neue Seiten Weibel zu lesen, wird für diesen Winter dazugehören.

Zu einem Zitat von mir schriebst Du in Deiner Kurznotiz eine ganz wunderbare Bemerkung, diese freute mich riesig. Ich danke Dir.

Jetzt betört mich Rossinis «Torvaldo e Dorliska»!

Der Briefwechsel Max Frisch und Ingeborg Bachmann ist erschienen (über 1000 Seiten), Du hast gewiss auch dies und das darüber gelesen, gehört. Ist schon eine Sensation! Max Frisch mochte ich nie so ganz (auch jetzt nicht), die Gedichte von Ingeborg Bachmann sind (teils) sehr gut, alles in allem glaube ich, sie wird überschätzt. (Doch ich bin ja auch kein Gradmesser ...) Ich habe alle Gedichte der Ingeborg Bachmann gelesen. Frisch und Bachmann, beide, waren bis zum Platzen masslos eitel, das mag ich nicht. Frisch fand sich wichtig bis zum geht nicht mehr, doch zutiefst blieb er ein (linker) Spiesser – im Gegensatz zu Dürrenmatt, diesem dämonisch-vergnügten Rabaukler und grandiosem Gedanken-Spieler.

In meinem Generationenalter werden die Leute krank; mein Basler Schulfreund war wochenlang in der Psychiatrie, stürzte, brach drei Rippen, die die Lunge verletzten, schwere Operation darauf; ein St. Galler Freund muss dreimal täglich Psychopharmaka nehmen, verwahrlost vollends; ein Lyrikerfreund versinkt immer wieder in Schwermut und Apathie, ein anderer ist geschieden und kriegt die Kurve nicht mehr, ein anderer vergriesgramt im Pessimismus ...

Ich bin mit den «Grundmächten» meines Schicksals gesund und glücklich, das stimmt mich dankbar. Bin schöpferisch und *frei* wie ein Haubengoldvogel, munter wie ein Erdbeerfrosch, meine Neugier aufs Leben ist in den letzten Jahren noch grösser geworden – und meine Liebe zu den Sternen, zu den Fischen, zu den Sonnen, zu Menschen (nicht allen!), zur Kunst berauscht mich urgewaltig, elementar, existenziell. Das Gefühl der Schönheit rührt mich zu Tränen, das Anberührtwerden des Geistes schäumt mich auf, das Sinnliche lässt mich jubelnd singen.

(Alles Politisch-Gesellschaftliche ist für mich ranzig.)

Einander nahe sein. Mit Marco.

Ich fände es falsch, alles «verzeihlich» zu finden. Ich werde bis zum letzten Atemzug niemals ein Diplomat; Schurken sind Schurken, basta. Toleranz heisst nicht, alles gut zu finden, sondern gegen das Andere nicht zu handeln. In diesem Sinn bin ich tolerant, aber nur in diesem Sinn. Es gibt niemanden auf der Welt, der vermöchte, mein eigenes Denken einzudämmen – ich bin FREI mit mir. Es gibt nur einen Menschen auf der Welt, dem gegenüber ich die Verantwortung zur Rechenschaft habe: das bin ich selbst. Das hat nichts mit Solipsismus zu tun!

Elomizöö pramuflirr abrovym komonuu quabilozimir. (Ist das nicht Philosophie?)

Na, lache jetzt, Ludwig, ich drehe nicht durch, ich habs einfach urgewaltig schön. Mit Christine Busta, Belcanto, einer Lukian'schen Pfeife, Rosé, Duftstäbchen.

Nach langen schlimmen, schlimmen Zeiten mit Marcel lichtete sich heute der Himmel, Lichtriss, Hoffnungsblitz, da durfte ich gelassen weinen ...

Im neuen Kulturcafé in Rorschach sagte mir die Chefin, sie würde sich freuen, wenn ich mal Bücher zum Verkauf auflege. Ich sagte, ja, so auf Anfang des nächsten Jahrs, ich möchte niemals in die Nähe eines Weihnachtsrummels kommen. Doch jetzt weiss ich nicht mehr, ob ich überhaupt will, dort Bücher aufzulegen. Na, on verra.

Jede gute Reaktion auf mein Schreiben kann mich verstören (gegen schlechte Reaktionen bin ich immun).

Wie verbringst Du, Lu, den Samstagabend?

Liebe Grüsse vom Zackenbarsch

Paul

Lieber Ludwig

Rainer Stöckli schrieb ich, dass er zuweilen hohl sei, ich mag es nicht mehr verputzen ...

Nun, ich fühle mich wohl, F R E I zu sein! Alles andere zählt längst nicht mehr.

Ich LACHE, schreibe «In Flammenarmen», meinem nächsten Lyrikband.

Ich freue mich auf Deine morgige Post.

Paul

«Nie wird sterben, wer Leben
durch die Liebe empfing»

Hafis

Lieber Ludwig

Ich danke Dir für die Einsicht in die Margenabrechnung von BoD. Da erwarte ich selbstverständlich keine

Geldzuweisungen, mit Deinen Zustüpfen ist ja alles mehr als reichlich getan.

Für die längere Zukunft von BoD-Publikationen machte ich mir natürlich auch schon Gedanken. Mit Dir ist es einfach schön, dies zu machen.

Ich selbst kann das nicht, bin elektronisch und Bankkonto-verbindlich auch nicht ausgerüstet, das ist mir eine Hürde zu hoch. Ich kenne niemanden, der das übernehmen könnte. Möge <u>unsere</u> Beziehung, lieber Ludwig (meine zu Dir, Deine zu mir), menschlich und BoD-verknüpft noch lange, lange währen; wenn dies nicht mehr möglich sein wird, so ist mein Publizieren eben fertig, damit haderte ich nicht. Mein Alterswerk wurde von Dir getragen, das ist ein göttliches Lebensgeschenk für mich. Ohne Dich möchte ich gar kein BoD-Büchlein mehr, voilà.

Ich schliesse diesen Brief, wie Du den Deinen geschlossen hast: «Alles Liebe in bester Freundschaft».

Vom Paul

Lieber Albertullius
(Ausschnitt aus einem Brief)

Wie Du die Personen im Dunstkreis des Metropols beschreibst, ist sehr köstlich zu lesen.

«Einerseits kommt immer wieder zum Vorschein, wie g e k r ä n k t Du bist», schriebst Du mir. Holladriahoo, da verkennst Du alles Wesentliche von mir, durchschaust meine Komplexität kein bisschen. Das ist Küchenabwaschpsychologie. Ich konnte und kann schimpfen wie ein Rohrspatz, **hohnlachen**, unbarmherzig absolut rigoros ablehnen, Menschen zerreissen und zerfetzen – aber das kommt nicht aus einem Gekränktseingefühl heraus, das kann ich selbstanalytisch perfekt klar kummerfrei so sagen! Ich fühlte mich niemals zurückgesetzt, gedemütigt, einfach in meiner ART verkannt, und das verletzte mich seelisch, innerlich, geistig nicht, sondern ich stellte fest, konstatierte einfach unmissverständlich. Mein Selbst(wert)gefühl war immer intakt. Das ist keine Eitelkeit, kein Grössenwahn, hat mit meinem Denken zu tun: Ich bin das geworden, was in mir angelegt ist. Neid kenne ich nicht. Ich bin eine Kratzdistel – warum sollte ich mich mit Mammutbäumen vergleichen? Ich bin gewiss berechtigt zu schimpfen (kein mickriger Provinzkatechismus hätte das Recht, mich zu tadeln – Tadel ränne sowieso völlig an mir ab); Stolz kenne ich nicht, da ich nicht anerkenne, dass ein Mammutbaum stolzer sein könnte als eine Kratzdistel. Diese Beurteilungen sind mir fremd, öden mich an.

Mit Deiner Bemerkung, «kommt immer wieder zum Vorschein, wie g e k r ä n k t Du bist», hast Du ein kleinbürgerliches, in allbekannten Bahnen verlaufendes Denken geäussert, ich nehme Dir das nicht krumm (warum auch, diese Aussage ist ja bloss klischeehaft plakativ, ohne jede psychologische Einsicht).

Und dass es bei einem Preis um Literatur geht und nicht um die persönliche Befindlichkeit eines Aspiranten, Albertchen, musstest Du mir das sagen? Meinst, das ist mir neu? Und Deine Philosophei mit Apfelessig und Champagner und Etikette –: Dein Denkschnellschuss ging aber arg nach hinten raus. Na, das gibt's halt.

Es ist schon so: Da Du meine Gedichte nicht magst, sie nicht als das zu sehen fähig bist, was sie sind, ist es Dir überhaupt gar nicht mehr möglich, mich zu «erkennen», da triffst Du niemals ...!

Wenn ich nur an Karotten/Champagner- und Ingwer-Kürbis-Süppli denke, dreht sich mir der Magen. Mein Gott, das soll Kultur sein??? Gut, dass ich das nicht verstehe.

«Vielen Dank für Deine neuesten Gedichte – Liebesgedichte!», schriebst Du hochnäsig ironisch. «Liebesgedichte», auch das noch, was für ein Etikettenschwindel, all das ist unmissverständlich aus Deiner Art zu formulieren zu entnehmen! Ich täusche mich da nicht. Das blosse Ausrufezeichen nach «Liebesgedichte» verrät Dich ungeschminkt. Da kannst Du nicht flunkern – ich kann lesen!

Du kannst besser als ich Prosa schreiben, das sagte ich schon oft und ehrlich – doch ich kenne keinen einzigen Satz aus Deinem Tagebuch, vielleicht ist es Ramsch. Ich weiss es nicht. Solange Du nicht den Mut hast oder Deine Faulheit überwindest, an die Öffentlichkeit zu treten, solange bist Du als Schreiber nichts. Wie lange willst Du Dich noch selbst täuschen?

Deine grenzenlose Faultierhaftigkeit ekelt mich an.

Hui, ich weiss, ich rechnete in diesem Brief etwas mit Dir ab, doch Deine Briefe wurden zunehmend ironisch. Du glaubst mir kaum was – nun, bei Deinen Süppli-Geschichten gibt's auch nichts zu glauben, sie sind einfach banal da.

Deine vielen Käuze sind köstlich zu lesen – doch völlig geistlos. Psychiatriefälle, als das interessant, mehr aber nicht. Sie tragen als Literatur nicht weit – so wie es bei Adelheid Duvanel ist.

Die Längengrade streben zum Äquator hin auseinander, haha, wir sind so Längengrade ... Doch was in diesem «Sinnbild» (sofern es überhaupt eines ist) der Äquator sei, ich weiss es nicht, es fiele mir noch der Passatwind ein, doch dann weiss ich überhaupt nicht mehr, was ich sagen wollte. Und was da ein Längengrad zu suchen hat, ist mir schleierhaft. Du siehst, ich bin ein Lyriker. Ibimus, Ibiskuss, Ichthosaurus, ichbewusst.

Alors, nimm mir alles krumm, besser noch: nimm mir nichts krumm.

Simsalabim grüssestens

Pablo

Lieber Ludwig

Ich weiss, Du bist nicht da, um meine immer wieder *neuen* Finanznöte zu lösen – doch was heisst «neuen»? Es bleiben die alten, die mich würgen, die mich quälen.

Und jetzt all das! Rechnungen, die ich nirgendwo einschleusen kann. Du gabst mir den Borgia-Beitrag, den gibt es nicht mehr, ist unbezahlt, es zerrann bei diesen Lebensunterhalt-Wucherpreisen. Ich kann mir rein gar nichts mehr leisten, Notwendiges fehlt.

Ich lebe in erdrückender Armut.

Ich sehe nicht mehr über den Berg.

Hilf mir bitte noch in diesem Jahr.

Und dann reden wir offen über alles.

Nochmals ein Jahr in diesem Elend möchte ich nicht haben ...

Ich nehme an, «Tanz in der Muschel» und «Sumpfblutauge» sind die letzten Lyrikpublikationen meines Lebens. Das war immerhin gut, die Gedichtpublikationen.

Ich lebte liebend gern. Doch so geht es unmöglich weiter. Ich werde sehen.

Liebe Grüsse

(Ich gehe unter wegen ein paar hundert Franken, die ich mehr bräuchte, um lebenswürdig in dieser Gesellschaft zu leben. Und «geistig» kann man nur sein, wenn hie und dann ein Buchkauf möglich wäre: ists aber bei mir nicht. Dauernder existenzieller Druck zerstört mich, meine Psyche, das ist so!)

Auf deinen glühenden Wangen blühen
Gauklerblumen Yukkamotten
Lyrae-Sterne Geigensoli
    ich brenne mit deinem Herzen
ströme mit dem Atem
zu den Tempeln der Götter
ins Pulsinnere des Geistes
auf die Wipfeln der Lust

Sonnenwein Cepheidenlikör
Cognac des Horizonts
zu trinken
mit der irren Balalaika zu tanzen

im wurzligen Raunen des Cellos zu träumen
NUR DU KANNST DAS VERSTEHN

       pg

Lieber Ludwig

Die Situation des Lyrikers ist des Teufels, heisst Verarmung, da nützen alle schönen Sprüche nichts, das kann nicht vertuscht werden.

Verzeih mir diese Zeilen, ich kann nicht mehr singen, ich gehe zugrunde.

Liebe Grüsse

Paul

Lieber Ludwig

Ich danke Dir für die vier Exemplare des Muscheltanzes.

Ich danke Dir auch für Dein Buch «Dem Sein geweiht»; nach dem Probelesen schrieb ich Dir – pars pro toto – schon einiges dazu, das gilt wohl fürs ganzes Buch. Die Fülle, der Umfang ist absolut imposant, da hast Du aber die Zügel schiessen lassen, dem Ansturm Deiner Gedanken freien Lauf gelassen.

Das Päckli war recht zerfetzt, wurde mit durchsichtigem Klebeband wild kreuz und quer zusammengeklebt. Seltsam. – Die Büchlein waren unbeschädigt. Es war keine briefliche Grussnotiz oder sonstwas von Dir drin.

Bitte, Ludwig, werde jetzt nicht unwillig (wie auch schon, weils etwas anders aussieht, wie Du zu helfen gedachtest) ... Pardon, Deine für mich unverzichtbare Hilfe reicht momentan in dieser Situation nicht aus, ich bitte ein bisschen um mehr. Ich hoffe in Panik, das geht Dir, Du bist einverstanden.

Mit Plangen erwarte ich bis Sonntagabend oder Montag Deine Stellungnahme.

Dir wünsche ich einen schönen Samstagabend.

Herzlich grüsst

Paul

Lieber Ludwig

Ich MUSS MUSS MUSS Gedichte schreiben, sonst kann, will ich nicht mehr leben! (Dafür brauche ich äusserlich Halt, da ich innerlich kaum Halt habe ...)

Ich umarme Dich.

Paul

Ich küsse dein Ohrläppchen Geliebter
lade dich ein mit mir zu kommen
wir wollen Moderlieschen besuchen
mit Fichtenzapfen tanzen
mit Philolaos von Kroton
am kosmischen Feuer
Äpfel braten
uns vor dem grossen Geheimnis verneigen
LACHEN WENN ALLES UNTERGEHT

Lieber Ludwig

Meine Briefe an Dich (die publizierten wie die unpublizierten) sind voll von Deinen Büchern resp. voll von meinen «Kommentaren». Hoffentlich in vielem gut für Dich, überlegenswert, teils auch verwundernd gewiss; ich glaube, ich sehe Dich in vielem SEHR GENAU, mindestens in meinem Augenmass. Dieses Augenmass ist nichts Feststehendes, einmalfürallesgültig, sondern fluktuierend, oszillierend; Ruf und Widerruf sind bei mir sehr nahe, oftmals *eins*. Eine *Coincidentia oppositorum* (Thomas, Cusanus).

Ich habe einige jahrzehntelang «privatgelehrt» (hahaa) Philosophie studiert, bei der Paulus Akademie auch per Fernkurs. Doch ich weiss eigentlich nichts mehr, will sagen: Philosophie taugt für mich wenig. Ich «erkannte» für mich: das sind Feuerwerke, herrlich für kaum ein paar Lebenssekunden. Man kann alles sagen, kann stets auch das Gegenteil sagen. Was zählt? Wer richtet? Es gibt diese «Instanz» gottseidank nicht – ausser die Position des Glaubens, dass Du diese einnimmst, ist Dein gutes Recht, daran rüttle ich nicht.

Wir sind uns nahe; dass ich mir die Freiheit nehme, anders zu denken, billigst Du mir zu. Menschheitsgeschichtlich betrachtet, hat Religion viel, viel Unheil gestiftet. Glaubenskriege zuhauf. Mord und Totschlag, Inquisition. Usw.

Das Gute, Sanfte, sehe ich gewiss auch.

Die Antworten des Glaubens «verheben» im Gesamtleben nicht, sie sind Koordinaten für jene, die gewillt sind, diese anzunehmen. Und wer dies nicht annehmen kann, ist geistig nicht rückständig. Ich glaube nicht, dass sich alles auf den Geist hin entwickeln wird.

Wenns gut mit dem Menschen kommt (was nicht gesagt ist), wird er MENSCHLICH, das heisst geistig UND sinnlich. Den Geist freuts nicht, wenn das Sinnliche wegamputiert wird. (Da irrt eben ein Rudolf Steiner absolut.)

Manchmal dachte ich mir schon, Dein Werk – und Denken – müsste sich aus Steiners Schatten wegbewegen mehr zu WEIBEL hin.

Für mich nicht nachzuvollziehen ist, dass Du auf Tausenden von Seiten im Namen Gottes redest. Das ist schon etwas «dicke Post». Das habe ich in meinem jahrzehntelangen Philosophiestudium nirgends sonst entdeckt. Doch ich nehme Dich als erratischen Block eines Geheimnisses, das nicht aufschlüsselbar ist. Nicht einmal Rudolf Steiner geht so weit.

«Letzte» Antworten gibt es nicht, das wäre Suggestion, Paranoia, Psychose, Täuschung, Wahn. Da bewegst Du Dich vraiment auf einem sehr dünnen Grat. Denkerisch absolut absturzgefährdet.

Doch Du bist im Leben gleichzeitig auch «normal», hochgebildet, wirtschaftlich (börsennah) versiert. Ich finde diese Gleichzeitigkeit absolut faszinierend. Der Geld-CIO und (leicht fanatischer) Apostel einer Minderheitenreligion. Rudolf Steiner mit seiner esoterischen Anthroposophie bringt es weltgeistesgeschichtlich höchstens zu einer Fussnote.

So sehe ich die Dimensionen. Dass Du anderes siehst, ist für mich kein Problem. Ich halte meine Ansichten gewiss nicht als allgemeinletztgültig, nur auch Du dürftest Deine Ansichten nicht als allgemeinletztgültig einschätzen. (Auf Deine Sicht, dass es nicht Deine persönlichen

Ansichten sind, sondern jene von Gott eingegeben, nein, das kann nicht ernsthaft postuliert werden.)

Ich weiss, Du trittst nicht auf Diskussionen ein. (Da lebst zu unberührbar über den Wolken.)

Ich werde versuchen, «Dem Sein geweiht» zu lesen; ich blätterte lange auf und ab, las abschnittweise: ich weiss nicht, ob ich diese Lesehürde schaffe.

Ich lese zurzeit in vielen Büchern. Doch der Winter wird lang, ich werde auch in Deinen «Meditationen» (die gar keine sind, es sind Belehrungen eines je und stets alles Besserwissenden) lesen. Ich hoffe, ich stosse immer wieder mal auf Sätze, die mir gefallen.

So, nun habe ich wieder mal gezwicktzwackelt (doch das BIN ich!), als Lyriker ist mir jede autoritäre Glaubensdoktrin fern.

Deine «Bekenntnisse» sind gigantisch, auch ein bisschen (religions-)gigantoman – oder einfach ein RÄTSEL. Gegen den apodiktischen Gestus in Deinen Büchern rebelliere ich.

Du bist ein Geheimnis, auf dieser geheimnisvollen Ebene versuche ich, mich Deinem Gedankengut zu nähern. Du bist so positiv, doch es wird keinen Menschen geben, er dies 1:1 übernehmen kann. Da bist Du zu sonderlich (denk- und glaubens-)speziell.

Gewiss ist, Du bist aus einem «Guss», das imponiert zweifelsfrei. Du lebst, was Du denkst, einmalig!!! Du bist ein Mensch mit 24-Gold-Karat, absolut bewundernswert. Du bist durch und durch echt Ludwig Weibel, ein Fest.

Meine Gedanken und Gedänkelchen werden Dich wenig berühren, ich weiss. Ist doch auch gut.

Mein Wesentliches ist nicht in Gedanken zu finden, sondern in meinen Gedichten. Und da gibts doch auch ein paar wenige Verse, so hoffe ich, die Dir nahe sind.

Und jetzt: GUTEN SONNTAGMORGEN, LIEBER LUDWIG. (Wenn Du das liest, schlafe ich wohl noch ...)

Ich muss noch einen andern kürzern Brief an einen kranken Freund schreiben.

Und dann höre ich noch ohrenbetäubend laut bis in den Morgen hinein Belcanto.

Paul

Lieber Ludwig

Dein Brief heute befreite mich von schweren, schweren Sorgen, ich danke Dir, dass ich Dir die zwei Einzahlungsscheine schicken darf (habe sie heute schon auf der Post aufgegeben) und dass Du mir bald noch einen Zustupf schickst. Habe noch 40 Franken, das reicht für morgen Dienstag und übermorgen Mittwoch; am Donnerstag kommt ja noch was von Dir, kündigtest Du an.

Ludwig, ich danke Dir vieltausendmal für alles!

Die vier Exemplare Muscheltanz und Dein neues Buch kamen schon am Samstag, ich schrieb Dir davon.

Du schriebst mir: «Deine Dichtungen werden immer strahlender.» Das freut mich riesig von Dir zu hören.

Dein letztes Pendelbild finde ich betörend, traumhaft schön.

Ich wünsche Dir einen ganz schönen Abend, grüsse sehr dankbar

Paul

Ich stellte mir vor, *«In Flammenarmen»* einem kleinen Kreis vorzulesen, ich glaube, das wäre sehr eindringlich.

Zum Schluss würde ich eine Kerze anzünden und sagen, Saallicht bitte aus, und dann würde ich langsam vorlesen:

Vermutlich müsste ich dann weinen ... Ich bin sicher, ein paar Menschen wären auch ergriffen.

Liebe Grüsse

Paul

Lieber Ludwig

Ich lese Joseph Roths «Hiob», bin erschüttert!

Lese auch wieder René Char, er war für mich mein ganzes Leben lang wichtig. Ein grosser Künstler, Lyriker – und einer der wenigen Menschen, die auch überzeugen.

Zwei Kapitel meines neuesten Buchs habe ich abgeschlossen: Liebesgedichte, poetisch sehr intensive Bilder, weit ausgreifend. In Kapitel 3 wird auch

Gedankliches einfliessen, etwas in der lakonischen Art,
Lebensdenkräume schaffend, Freiräume aussparend.
Ich fühle, ich habe noch ein langes Leben vor mir, dieses
Buch zu schaffen.
Du teiltest mir mit, dass Du in Deinem Fundus aus
vergangenen Jahren ca. 3000 Aphorismen und Gedichte
hast; wirst Du sie zu einem Buch zusammenstellen? Das
Beste herauskristallisieren, destillieren?

Liebe Grüsse

Paul

Nein, das dritte Kapitel von «In Flammenarmen» wird
nicht «gedanklich», lakonisch – sondern wiederum
närrisch liebeslustbrennend taumelnd, lyrisch, bildtoll.
Das entschied ich heute spät Nacht in mir.

SCHÖNHEIT HAT MICH AUFGEFACHT.

Paul

ABSICHTSLOS
SICH SELBST ZU SEIN
IST SCHÖNHEIT
mirabellenrunde Brüste
silbernes Sternenglitzern
tanzirre Muschelkrebse
dies mit dir zu erleben
Freiheit Liebeslust trinken
atemumarmt singe
FEUER SEIN

Dunkles Gewölk
wie Bruckners Sinfonien
über den Traumabgründen
Luftgeister zischeln
durchs Herzgestrüpp

am Ende gilt es
von vorne zu beginnen

•

Ich bin so närrisch
und trage die Sonne
durch Traumwälder
spiele Boccia mit dem Mond
ziehe als Feuerqualle
von Meer zu Meer

komm Freund
lachen wir zusammen
wie Regentropfen auf der nackten Haut
singen wir mit dem Wind
mit den Möwen mit den Fischen
im Kristall der Welt

Für Marco

Lieber Ludwig

Ist mein Lese-, Schreib-, Rauch- und Trinkzimmer eine
Hafenkneipe? Ich höre die Wellen des Meers ...

Liebe Grüsse Paul

Fast wie ein einfaches Liebesgebet:

Ein Geistseelchen
stieg die Jakobsleiter hinauf
es war zu hoch
es fiel hinunter

komm zu mir
gesunde bei mir
du musst nichts machen
darfst so sein wie du bist
bleibe bei mir
ich bleibe immer bei dir

pg

Lieber Ludwig

Jetzt habe ich 50 Gedichte für *«Flammenarme»*.

Kapitel 1: «Sumpfblutauge». Wird dann im Nachweis vermerkt, dass es als Separatum in der Edition Lucrezia Borgia erschienen ist. Kapitel 2: «Flammenarme». Kapitel 3: «Freiheit Liebeslust trinken» (arbeite daran).

Lese zurzeit Gedichte von Anna Achmatowa: bin beglückt.

Arbeitest Du an einem neuen Buch? Machst Pendelbilder? «Wühlst» Du im Fundus Deiner eignen Geschichte? Sitzt lesend (*was* lesend?) am feuerknisternden Cheminée?

Wer weiss, wäre doch schön: schreibst ein ganz einfaches, gedankenunbeschwertes flockenleichtes (glockenleichtes) hüpflebendiges impressionistisches Gedichtelchen? Lächelnd formlos, weil es aus der Tiefe des Organischen kommt ...

Ich wünsche Dir herzlich eine warme Seeleninsel.

Paul

Lieber Ludwig

Was für ein zwölfstündiger Lesemarathon heute: C. G. Jung, Hafis, Schiller, Studium in einer Weltgeschichte, Hermann Broch, von Salman Rushdie nahm ich mir «Die satanischen Verse» wieder vor – das ist ein zweiter Urknall! –, dann schrieb ich ein Gedicht, in der Zielgeraden (vor dem Insbettgehen) lese ich jetzt noch Weibel.

Ich liebe es, gleichzeitig in mehreren Büchern zu lesen, hin- und herstürzend. Leukippos`sche Pfeife rauchend, süssen Samoslikör züngelnd, bei Mozart, zwischendurch kurz mit Marcel plaudernd.

Ich schicke Dir tiefe Erholung durch den Schlaf mit schönen Träumen.

Salü, Dein Paul

Lusttrunken durchs Weltall stürzen
auflösend einrollend in der Feuerkugel

deine weissen weichen Brüste wolkig
dein langer phallischer Blumenstängel
Glockendoldenhoden
LIEBE LUST EIN ZWEITER URKNALL
von Dämonen von Engeln
Traumgift
tropfend aus den Sphären
Tränenfall an die Herzfelsen tosend
Sonnenspaltung Blutriss auf der Zunge
sag nicht ich hätte es nicht gesagt

pg

Lieber Ludwig

Mein Natel macht Pirouetten, bin wohl gehackt, Viren legen bald alles lahm. Marcel installierte mir zwei Sicherheits-App: Erfolg bis jetzt keinen. – Auf Ende Mai kündige ich alles bei Salt, liess mich bereits bei der Post beraten. Sie hat gute Angebote, etwa die Hälfte der Kosten wie bis anhin.

In den Natel-Shops stiess ich bis jetzt nur auf Dummheit, sie wissen stets auch nicht warum – «da kann man nichts machen», war der Refrain. O dieses Trottels.

Na, solange ich noch Mails erhalten und schreiben kann, beunruhigen mich andere Störungen nicht. Die ganze Elektronik kann mich mal ...!

Heute bekam ich ein Mail unter einem wildfremden Mail-Namen (eben nicht zu meiner Mail-Adresse, sondern ganz anders), wie das möglich ist, ist kaum erklärbar. Usw.

Das Trojanische Pferd lässt grüssen.

Ich las intensiv Liebesmystik von Bernhard von Clairvaux, seine Ansprachen über das Hohelied Salomons; stellenweise sehr ergreifend – doch seine engstirnige Kirchen- und Dogmengläubigkeit verstimmte mich. Liebe und Liebesmystik ertragen zutiefst keine vorgegebenen festgefahrenen katechetischen Glaubensrichtlinien, sie verkümmern zur Travestie. Über Liebe kann man sich nur FREI von allem einfühlen und entfalten und reden, sonst wird sie zur Farce.

Bernhard von Clairvaux war begeistert von den (Kinder-)Kreuzzügen, für die er unermüdlich warb. Zisterziensermönch hin oder her – auch zeitgeschichtlich zu beachten – er war Anstifter zum Massenmord in Christi Namen. Das Christentum ist eine perverse Religion, man denke nur an das Diktat der «Erbsünde», darunter krankt auch heute noch Wesentliches, bis zur Geringschätzung der Frau. WIDERLICH! Hat nichts mit Jesus von Nazareth zu tun.

Es gälte endlich, menschlich eigenständig zu denken, doch da ist auf weiter Flur nichts zu entdecken.

Und was heute (wie immer schon) in der katholischen Kirche abgeht: Lug und Trug beim Papst, den Kardinälen, den Bischöfen – all dieses Pack.

Meinem Sterbebett darf sich niemals ein Kleriker nähern!

«Niemand ist berechtigt, sich mir gegenüber so zu benehmen, als kennte er mich», schrieb Robert Walser, das ist klug – und auch gültig für mich – gesagt.

Übrigens, mir fiel mein Grabspruch ein: «Der Lärm war ihm zuviel», Name und Jahrzahlen. C'est tout. Doch ich versinke wohl wie Mozart im Namenlosen, Unauffindbaren. Das ist doch gut, genügt vollauf. Man hat ja ein Werk – – –

Ich grüsse Dich nachtüber,

Paul

Lieber Ludwig

Rushdies Roman «Satanische Verse» ist wirklich ein Wunder in vielerlei Richtungen ...!

Ich schreibe zurzeit sehr, sehr wenige Gedichte, zwei, drei in drei, vier Wochen.

Deine Sinn- und Gedankensprüche, die immer wieder teils sehr geheimnisvoll sind trotz ihrer «vordergründigen» Klarheit, in den Pendelbildereinrahmungen: gedenkst Du sie einmal in einem Büchlein zu bringen? Wäre ein Gesamtkunstwerk, ein Novum überhaupt.

Ich danke Dir für Dein helfendes Zumirstehn.

Liebe Grüsse

Dein Paul

Vivaldileicht der Wind
die Begegnung mit dir

eine Rufweite fern
versteinert das Wort

wir wissen nicht
ob wir uns noch einmal finden
   der Lichterkette
   der Täuschungen entlang

Wir leben fremd in der Erkenntnis
verlieren uns als ob wir uns fänden
riesengrosse Libellen
durchschneiden das Bewusstsein
   der Schatten zu unsern Füssen wächst

   mit dir
      suche ich
      die Farben des Windes
      die flüchtigen Essenzen
         die Erscheinungen
               inner- und ausserhalb
      von allem
         dort wo Ende Anfang wird
         namenlos mit allen Namen

   •

Lieber Ludwig

Jetzt höre ich Haydns «Schöpfungsmesse»,
anschliessend noch manch andere Messen von Haydn,

die ich sehr liebe, die «Kleine Orgelsolomesse» zum Beispiel usw.

Obige Gedichte flossen einfach so aus mir heraus ...; diese Balance scheint mir gut getroffen, gefällt mir selber.

Meine Liebesgedichte sind nicht einfach naiver Jubel, sie schweben oftmals silberhell überm Abgrund – nur, das schon! – ein Beziehungsschlachttummelfeld werden sie mir niemals, schon gar niemals *todnahe*!! In der höchsten tiefsten Liebeslustbeseligung gibt es nur Lebenszuneigung LEBEN LEBEN LEBEN. Sich an Urzusammenhänge erinnernd frei enthemmt im Grenzenlosen entflammt letztes Schweigen singend.

Ich erlebte die Liebe, die einsam macht sprachlos nicht nur vor und hinter allen Dingen mit Menschen sondern **MIT** ALLEN DINGEN.

Für einen Zeitgenossen da den Schlüssel zu mir zu meiner Lyrik zu finden ist gewiss sehr schwierig. (Doch ich biedere mich der Zeitgenossenschaft nicht an.)

Morgen schicke ich Bettina und Marco meine Liebesgedichte (Golddruck auf schwarzem Papier) «Ich der Ozeanograph deines kleinen Körpers»; Marco scheint mir mehr und mehr auf meine Liebesgedichte eingehend, einfühlend, suchend, das ist ein sehr schönes Erlebnis. Überhaupt Marco: ich liebe ihn! Wir haben zunehmend eine – in unserer grossen Verschiedenheit – ganz neue sanfte Zuneigung zueinander. Ich nahm ein bisschen meine stürmische intensive Zuneigung zu ihm zurück, ich glaube, ich habe ihn fast ein bisschen überrollt und er fühlte sich in seiner Freiheit etwas bedroht (mir entging das natürlich nicht), und jetzt ist alles leichtbeschwingt fest zuneigend geworden. Wunderüberwunder.

Seine Stimme ist einmalig schön; als er mir am Telefon sagte, «Paul, ich liebe dich», und dies kam fast ein bisschen rau und stockend, war ich überwältigt. Er redet manchmal äusserst sprudelnd, und dann wieder dehnt er auf überraschende, nicht erwartete Art gewiss Wörter, Satzteile, das macht mich konfus vor Glück. Er ist geradlinig wie eine Möwenflug – und undurchdringlich wie ein Wurzelstock. Dieses Geheimnis, dieses Rätsel nehme ich beglückt an.

Er ist elementar offen mit mir, doch er braucht seinen ureigenen Freiraum, dem ich ihm gern schenke. (Mir geht es ja auch so.)

Beim letzten Treffen mit ihm mussten wir nur wenig sagen, es war einfach gut und schön. Wir schauten uns an, lachten, erzählten von uns. FREI FREI MITEINANDER.

Ich lernte von ihm, dass das *«Nachschwingen»* des Gesagten, des Geschriebnen zählt, tief liebend wirkt.

Er ist 38 Jahre jünger als ich und so schön, er lebt anders, ich bin keinen Schritt voraus, das dachte ich niemals, wird SIND (gleich zu gleich), wenn wir beisammen sind. Unser Wesen umschlingend betonend färbend zuammenatmend handinhand umarmend.

Seine Augen sind schwarz, dunkel, ich durchschaue sie nicht; zuweilen blitzt es silberhell in ihnen auf – es durchbrennt mich wie ein Blitz. Diese Ferne zieht mich an.

Dann kann er mich zuweilen kurz verwundert anschauen, als wäre ich ein Fabelwesen, als gäbe es mich ja gar nicht oder er begriffe nichts. Das sind allerköstlichste Momente.

Und es geschah schon, dass unsre Augen ineinander versanken ..., und dann waren wir beide ein paar Sekunden (oder eine halbe Ewigkeit, gibts das?) völlig sprachlos und wussten nicht mehr wie und was und wovon weiterreden.

Vermutlich beginne ich bald in Deutschland als Liebeslyriker bekannter als in der Schweiz zu werden. Welch Amüsement. Da verändert sich für mich nichts. Ich schreibe einfach weiterhin meine Liebesgedichte, c'est tout.

Dir alles Liebe, Ludwig.

Herzlich grüsst

Paul

Aus «In Flammenarmen»:

Mit dir zu versinken ins Glashelle
hinter dem dunklen Fagottton

zwischen den Rippen der Angst
das Lichtdurchschäumte finden

   Panflöte spielen
   prunklos

      kleine Vogelbeere sein
         eine Fermate zitternd schwebend
      nachhallend

WARTEN AUF DEN VOGELZUG

Irrwinde in deinem Haar
wie Harfengeklirr
tanzend riffelnd

Canopus' Lachen
auf der Zunge
eine Nickende Distel

ein Wolkenschatten zieht vorbei

pg

Lieber Ludwig: lyrische Nachtgrüsse mit Tagundnachtdank.

Paul

Lieber Ludwig

Gestern kurz bei Marcos und Bettinas Gartenfest dabeizusein, war sehr schön. Es ergaben sich auch gute Gespräche. Mein Hochzeitstenü war: kurze Hosen, sehr farbiges peruanisches Hemd, indianische Traumfängerkette um den Hals, Fingerring, farbiges Band ums Handgelenk. Derart urwaldfarbig war auch mein Gemüt, innerlich sang ich unbeschwert.

Marco ist ein unfassbar feiner Mensch, ich fühlte mich so wohl bei ihm. Als ich kam (es waren wohl bereits über 50 Menschen dort), eilte er auf mich zu, umarmte mich lange, lange, schaute mich an und sagte in seiner gedehnten Art, wie er oft hat, «Paul», wendete sich zu den Gästen und sagte laut: «Paul Gisi, Lyriker, mein Freund». (Die Leute bemerkten, dass Marco und ich feuchte Augen hatten und wurden fast andächtig still.)

Beim Grillschmaus kamen mehrere Leute zu mir, und sagten, sie wussten gar nicht, dass Marco einen Freund habe, und waren sehr neugierig über meine Person.

Als sich dann auch noch Bettina zu mir setzte und mich umarmte, war ich wohl bei allen Partygästen in Sympathie aufgenommen.

Nun, viele, viele Namen wuselten umher, ich konnte nur drei, vier behalten und richtig zuordnen, so derjenige von Marcos Mutter und von einem jungen schönen Mann, der sich zu mir setzte und wir zusammen in schönes Gespräch fanden.

Mit jungen schönen Pflegefachfrauen kam ich auch ins Gespräch, doch die redeten von gesunden Zehennägeln usw., was mich veranlasste, aufzustehen und den Platz zu wechseln. (Dann setzte sich eben der junge schöne Mann zu mir, wir waren uns gegenseitig zuneigend sympathisch.)

Nach zwei Stunden verabschiedete ich mich ...

Ich wünsche Bettina und Marco von Herzen viel Glück und Liebe. Die Zuneigung zu Bettina und besonders zu Marco ist an diesem Hochzeitsgartenfest noch inniger geworden; Marco schaute mich immer wieder «tief» an ..., ich bekam auch nicht genug, ihn anzusehen, er ist schön wie ein junger Gott. Und seine ART ist bestürzend liebenswürdig.

*

Ludwig, mein neustes Opus ist fertig, ich schicke es Dir im Anhang. Eventuelle Layoutfragen kannst Du bitte selbst entscheiden, Du hast für alles mein Einverständnis.

Umschlag ganz nach Deinem Auge.

Innerhalb eins Kapitels fortlaufend, also keine Seitenumbrüche beachtend.

Doch zuvor werde ich ja von Dir noch eine Korrekturfassung bekommen.

Und wie immer: Es eilt nicht.

Ich bin Dir sehr dankbar, dass Du das für BoD machst.

Ich wünsche Dir herzlich einen guten Abend.

Liebe Grüsse

Paul

Lieber Ludwig

Kurt Rüdigers Motto entfernte ich, obwohl es sehr schön war, doch im Gesamt Rüdigers Gedichte gibt es immer wieder kitschige, schwülstige, konventionell schale Passagen bis zur Unerträglichkeit, so lasse ich es gescheiter bleiben.

Mein fünftes Kapitel heisst nun «Zu entdecken DICH», und Du weisst, «unter DICH» kann ich die *ganze* Welt ansprechen, aufflammen lassen ..., wie es zutiefst meine Art ist.

Ich hatte einen Traum:

Es gibt «die göttliche Komödie» von Dante, die «menschliche Komödie» von Balzac – mein Traum ging weiter: Es gibt die «intellektuelle Komödie» von Dürrenmatt und die «spirituelle Komödie» von Weibel und die «sinnliche Komödie» von Gisi.

«Komödie» im strengen Wortsinn gemeint, **gleichzeitig** aber auch im erweiterten Sinn (Burlekse, Tragikomödie, Satyre, Wehklage, Belehrung, Drama, Tragödie, Jubelgesang). Die dramatisch-tragischen Geschehnisse bei Balzac etwa als «menschliche Komödie» gesehen, das ist eine gute, «freie» Sicht!

Das Komische des Menschseins schlägt um ins Zornige, Zynische, Gesellschaftskritische, Groteske, Sozialdramatische, Intellektuelljonglierende, ins Glaubensfeurige, Gottergriffene, Belehrungseifrige, Sinnbildliche, Lustanbetungswürdige – wo dann Dürrenmattt, Weibel und Gisi zu nennen wären.

Es war ein fantastischer Traum! (Es wäre ein guter Ansatz für ein umfangreiches Buch.)

Vielleicht höre ich einmal, was Du liest, welche Musik Du hörst. Wäre fein zu wissen.

Herzliche Grüsse

Paul

ERSCHÜTTERT VON DER SCHÖNHEIT
DES SEINS
deines Körpers deines Atems

in den Sinfonien des Winds
in den Träumen des Weihrauchs der Blumen der Tiere
der Melodien Ozeane Sterne
im Purpurrot des Weins dich umarmen
ERSCHÜTTERT VON DER SCHÖNHEIT
DES SEINS

                pg

Lieber Ludwig,

mit diesem Rondo grüsse ich Dich in diesen wundervollen Tag hinein.

Paul

Lieber Ludwig

Jedesmal, wenn ich Beethovens «Missa Solemnis» höre, bin ich sehr ergriffen. Sie ist eine der schönsten Messen!

Mein Liebesgedichteband *«Tanz in der Muschel»* hat nun drei Kapitel:

Schreckliche Gedanken jagen manchmal durch meinen Kopf: Die Bestie Mensch macht aus dem Planeten Erde einen Schlachthof. Ist der Mensch noch zu retten?

Da muss ich mich immer wieder halsüberkopf ins Rettungsboot schöne barocke, klassische, romantische Musik, Belcanto und Gedichte retten.

Marcel geht es ordentlich besser, das ist eine grosse Freude für mich.

Mörikes Liebesgedichte sind liebreizend.

Herzliche Grüsse

Paul der Eremit

Lieber Ludwig

Du hast Mörikes Novelle «Mozart auf der Reise nach Prag» höchstwahrscheinlich früher einmal gelesen, ja? – ich gebe eigentlich keine Leseempfehlungen, doch da möchte ich sagen, lies sie (nochmals), es ist eine der schönsten, köstlichsten, liebenswertesten Geschichte, die ich jemals gelesen habe, Mozarts geheimnisvolles Genie scheu und sehr treffend gefasst.

Und Mörikes Sprache so wunderbar plastisch, verglichen zu all diesem nivellierten Quatsch in der plakativen Literatur heute.

«Mozart auf der Reise nach Prag» zu lesen gehört zu den erlesensten Geschenken, die ich mir in meinem Leben selbst machen konnte.

Liebe Grüsse

Paul

Seit der riesengrosse Oktopus L. umschlungen hatte, war L. anders geworden, die meisten seiner Bekannten merkten natürlich nichts, denn dieses Ereignis hat sich nicht öffentlich abgespielt, so dass sogar angenommen werden konnte, dass es gar kein Ereignis war, derogleich dies aus der Welt zu schaffen war also nicht möglich, denn wie sollte L. von einem Oktopus, und erst noch von einem riesengrossen, reden, wenn es gar keinen gegeben haben sollte, da geriet füglich alles ins Verschwommene, L. hätte sich auch ohne Oktopus grundlegend verändern können, und dass seine Bekannten dies hätten merken sollen, weil ja gar kein Oktopus gesichtet worden war, ist lange nicht gesagt, darf nicht als gewiss angenommen werden, zudem muss berechtigt überlegt werden, dass eine Veränderung vielleicht gar keine Veränderung ist, sondern einfach ein Insichbeharren gegen jede Situation und scheinbare Notwendigkeit, und zu unterscheiden, was innen und was aussen sei, ist eine bekümmernswert sehr schwierige Sache, da lässt man es lieber sein von Veränderung zu sprechen, vielleicht hätte sich L. verändert, was ja nicht ausgeschlossen werden darf und nicht als Zumutung gesehen muss, denn man kann nicht jahrein, jahraus der Gleiche bleiben, so begann L., wenn auch zögerlich, zu denken, wie gut, dass der Oktopus mich umschlungen hat.

pg

Lieber Ludwig

Deinen letzten Brief habe ich so gern gelesen, er war konkret mitteilsam, das fand ich sehr schön. Ich danke herzlich.

Ich nahm wiederum Byrons «Briefe und Tagebücher» zur Hand.

Ich hoffe, Du meisterst – wie alles – auch diese Hitze.

Dass Du gut von mir denkst, ist für mich ein Lebensfest.

Ich wünsche Dir ganz herzlich Zackenbarsche Lebens- und Sprachlust und winke Dir freundschaftlich zu.

Dein Paul

Gegensatzfascinosum

Lieber Ludwig

Du, ich JUBELTE AUF, als ich Deinen Text in diesem sehr, sehr grazilen Rahmen las:

> So schön
> bist du, Mein
> geliebtes Klangbild
> in der singenden
> Seele

Das ist götterlichte sensible Klarheit!

Im vorletzten Spruch schriebst Du etwas von «Ich hohl dich ein und heim in meinen Hafen...."; «in den Hafen heimholen» ist weder originell noch original ... – und dann kommt erst noch eine Deiner berühmten majestätisch-pathetischen Genitiv-Auftürmung, vor denen es mich fürchtet.

Der Spruch hier ist unendlich schön und überzeugend in seiner Schlichtheit. (Früher hättest Du geschrieben, «in des Klangbilds singender Seele», dann wäre der ganze verzauberte Hauch futsch gewesen.)

Du wendest Dich als absoluter GottesGEIST an den MenschenGEIST. Da fehlt mir halt der GANZE Mensch, und der besteht *auch* wesentlich aus den unübersehbaren, schwierigen Nachtseiten des Unbewussten. Um den Menschen «zu treffen», müsste auch diese Seite angesprochen werden. Du löst das auf deine Art, die Vernunft verlassend, sich «der höhern Unvernunft» nähernd, die Dir «vom höheren Ich gutwillig eingegeben» wird (das ist Deine Formulierung). Das überzeugt schon, nur meine Ich, das Ich ist ein Konglomerat von Geisteshöhen UND seelischen (Un-)Tiefen. – Diese «Ganzheitsschau» ist bei Dir ausgespart, das finde ich schade, vermisse ich.

Doch das, was bei Dir DA ist, ist sehr beeindruckend.

Immer «bewusster zu werden», ist gewiss eine gute Sache, doch das Bewusstsein ist keine ausschliessliche Geistes- (Kopf-)Entwicklung, es gibt auch ein «BEWUSSTSEIN DER DINGE, eine Bewusstheit der Irreführung (ja, gerade so!), ein Erkennen im Herz der Materie, ein Bewusstwerden im Zusammenhang mit den Geschöpfen, in die Gesamtheit psychischer (und kosmischer) Innen- und Aussenwelten, in wissendes Subjektives.

Das nur so ein paar Nachtgedanken.

Liebe Grüsse

Paul

Lieber Ludwig

Ich habe nun das Bändchen *«Als wir Fische Vögel Sonnen waren»* abgeschlossen, es hat nun nicht so viele Gedichte, wie ich mir vorstellte, macht aber nichts: es reicht! Ich habe «diesen Inhalt» ausgemessen, ich will mich Neuem zuwenden. (Ich wäre in Gefahr, mich im Wortbild zu wiederholen, das geht natürlich nicht.)

Das Word-Dokument ist bereits fertig, doch ich will es nochmals genau prüfend anschauen.

In die «Anthroposophischen Leitsätze: Der Erkenntnisweg» von Rudolf Steiner habe ich mich ein bisschen eingelesen.

«Anthroposophie ist ein Erkenntnisweg, der das Geistige im Menschenwesen zum Geistigen im Weltenall führen möchte.» – Die Weibelsche Nähe zu Steiner springt verblüffend ins Auge.

Es ist viel Text, und den auf meinem kleinen Tablet zu lesen, erweist sich für mich als nicht optimal. Doch ich möchte nicht, dass Du mir dieses Buch schickst: Du beschäftigst Dich zurzeit intensiv damit, also, Du musst es bei Dir haben. Ich werde versuchen, es dennoch auf meinem kleinen Bildschirm stückchenweise zu lesen. Wenn man will, kann man das wollen.

(Ausser Du wolltest ein Exemplar bestellen und mir schenken; im Grunde kann ich nur «mit Büchern» denken, elektronisches Geflimmer geht nur schwierigst.)

Das für mich riskante Abenteuer, Rudolf Steiner zu lesen, möchte ich eingehen. Ich las eine rororo Monografie über ihn, ein Buch über Literatur von ihm und viele «Bruchstücke» über ihn.

Wie Du geschrieben hast, Steiner verfasste diese Leitsätze zwischen der Weihnachtstagung 1923 und seinem Tod im März 1925.

Nach Steiner begann das heutige Michael-Zeitalter, das das Gabriel-Zeitalter abgelöst hat. Nach dem Sturz der Geister der Finsternis durch den Erzengel Michael.

Mittendrin in Steiners Mystik, Okkultismus. Da ist der Glaube aber elementar gefordert.

Ich sehe, spüre schon ein ganz, ganz klein bisschen besser, wie tief Du in Steiners Gedankenwelt versunken bist. Das ist der Hauptbeweggrund, Steiner zu lesen – weil Du so viel auf ihn hältst, ein langes Leben lang. Das wiegt entscheidend viel. Beeindruckt, beschäftigt mich.

Ich anerkannte mein ganzes Leben lang keinen Lehrmeister, keinen Guru, «Eingeweihten», der es besser wissen wollte wie ich ... Es gibt kein «besser wissen», nur immer ein «anderes wissen». In «Glaubenssätzen» verliert der Mensch seine FREIHEIT.

Nun, ich muss nochmals gut überlegen, ob ich Steiner wirklich lesen will, die Widerstände gegen ihn sind wohl nicht abzubauen. Ich kann es nicht ändern, seine Behauptungen nerven mich.

Bald gehe ich am Nachmittag zu Marco, an seine Hochzeitsgesellschaft. Es ist für mich so, ich freue mich, wenn wir uns umarmen können, und das werden wir, und wie! Und ein bisschen bin ich auf ein paar Menschen gespannt, die zu ihm gehören. Was für Menschen umgeben ihn?

Er telefonierte mir nochmals, sagte, «aber gell, lieber Paul, du kommst kurz vorbei, ich wünsche, dass du an meinem Hochzeitstag kurz bei mir bist», was für ein liebenswerter Schelm, ein Freund, den ich liebe, der mich liebt.

Hoffentlich bin ich nicht zu aufgeregt – und weine drauflos. Hochzeiten sind wie Beerdigungen eigentlich ein Zuviel für mich, ich war schon Jahrzehnte ! nicht mehr an einem solchen Anlass.

Doch ich bin glücklich, dass es Marco mit Bettina gut geht.

Ich bleibe natürlich bei meinem Sommerdress: kurze Hosen und ein peruanisches farbiges Hemd. Ich nehme nicht an, es geht bei ihm zu konventionell her ...

Ich freue mich riesig, riesig auf Marco, bin aber gleichwohl erleichtert, wenn «diese Situation» vorübergegangen sein wird.

Ich habe <u>ein paar</u> kleinere Geschenke, alle lustvoll toll eingepackt, wie bringe ich diese aufs Velo? Nun, das löse ich auch noch, hahaa. Einiges dürfte nicht zerknittert werden ... (Und sonst zerknittert es halt eben.)

Marco ist für mich ein Geschenk des Himmels auf Erden.

Heute erlebe ich ihn mit seiner Familie, seinen Verwandten, seinen Kolleginnen und Kollegen, Bekannten.

Er sagte mir, «Paul, ich habe nur *einen* FREUND, und das bist du.» Da schwindelt es mich existenziell. Marco ist ein ELEMENT.

Liebe Nachtschichtgrüsse.

Paul

Lieber Ludwig

Das WEITE Herz von Marco ist einfach überwältigend schön. Auch Bettina zeigte sich sehr sensibel einfühlbar.

Und ich werde am Freitag kurz zu ihrer Hochzeit gehen, sie freuen sich auf mein Kommen.

So noch mitgeteilt.

Salü,

Paul

Lieber Ludwig

Heute hatte ich ein sehr langes Telefongespräch mit Marco; seine sprudelnde Mitteilsamkeit ist so erfrischend; zudem ging er unendlich sanft, wie es seine Grundart ist, auf mich ein. Und ich erlebte wieder mal, wie gut er mir zuhören kann – und dann ganz konkret schon fast zärtlich Antwort geben.

Dass Marco kaum schreibt, fällt mir schwer. Er sagte mir am Telefon, «Du Paul, ich hab gestern die Mail-Eingänge angeschaut, es waren weit über 100, die ich nicht geöffnet, nicht gelesen habe – leider auch nicht alle von dir.» Das ist ein Gegensatzfascinosum zu mir!

Er lebt ganz anders als ich. Doch er schnitzte wieder eine tolle Sache ...

Und dann sagte er mir: «Paul, ich liebe dich.» Das ist unerhört bewegend; ich sagte ihm auch, «Marco, ich liebe dich.»

Ich bin durch Marco in meinem Leben reifer geworden, glücklicher.

Mit Marcel durchlebe ich Wichtiges, Gefährdetes.

Liebe Grüsse, Dir, Ludwig.

Paul

Tief atmend
sanft pulsierend
hell singend
das *Bild*
die *Melodie*
die schlanke *Gestalt*

der Weg ist lang
im Gleichgewicht
DER SINN

pg

Lieber Ludwig

Ich beginne wieder, C. G. Jung zu lesen, heute «Über Synchronizität», sehr interessant (die Zahlentabellen übersprang ich). Ich freue mich auf seinen Essay *«Im Zeichen der Fische».*

Psychologie war mein ganzes Leben eine grosse Liebe, auch wenn diese nicht immer zum Tragen kam.

Zum obigen Gedicht (für mich verschlungen, jedoch sehr bewusst eingesetzt):

> der Weg ist lang
> im Gleichgewicht
> DER SINN

TAO (auch «Tantra») heisst «der Weg», kann aber auch mit «SINN» übersetzt werden. (Da spiele ich für «Eingeweihte».)

Ich lese wiederum Gedichte von Dieter Leisegang (er machte 30-jährig Suizid). Seine Todesnähe gefällt mir kein bisschen, doch er hat manche genialische Staccato-Notationen, die sehr gut sind.

Nach meinen neusten Gedichten «Als wir Fische Vögel Sonnen waren» möchte ich mich wiederum vermehrt der Philosophie, dem GEIST zuwenden (Psychologie ist ja fast auch eine Philosophie der Seele ...). Nun, ich werde nichts forcieren, doch jahrzehntelang beschäftigte ich mich mit Philosophie (neben Lyrik).

Vielleicht beginne ich wiederum mit den Vorsokratikern ... Moderne Philosophie, die dogmanah und politisch in ihren Denkstrukturen ist, interessiert mich nicht. Da hielte ich es eher noch mit den Mystikern. Oder zum Neueinstieg Bertrand Russells Philosophiegeschichte (die ich noch nicht gelesen habe). Nun, ich werde behutsam mich neu in die Philosophie einwühlen (da ich ja auch eine andere Basis als früher habe).

Die für mich existenziell notwendige lebenszuwendende Sinnlichkeit in meiner Lyrik habe ich, so fühle ich, ausgereizt, «genügend» gestaltet. Nun möchte ich ein anderes Denk- und Lebenserfahrungskapitel aufschlagen.

Der «Übergang» wird sanft wellend sein, es wird keinen Bruch in meiner Vita geben!

Für Deinen letzten Brief danke ich Dir sehr herzlich, er ist so souverän und einfühlend, eine wahre Freude. Und Deine verschlungenen Kreislinien sind wunderbar.

Liebe Grüsse

von Deinem Paul

ZWISCHEN DIR UND MIR
DAS RIESENRAD DES UNIVERSUMS
DIE HERZFÖRMIGE SCHATTENBLUME
DES NICHTS
T R A U M T R U G D O L D E N
IRRFIEBRIG WAHNGEKRAUST
LIEBE LEBEN
IN UNS

Paul Gisi

Lieber Ludwig

Seit geraumer Zeit schon legte ich Byrons «Briefe und Tagebücher» (ich war in der Mitte des Buchs) zur Seite, denn all die vielen Mitteilungen begannen mich zu langweilen, gehen mich doch nichts an ...

Es gibt TAGEBÜCHER und BRIEFE, die, so finde ich, «mich angehen» – dies ist dann jeweils ein Grund, sie zu lesen.

Das letzte Gedicht, das ich Dir schickte, bekam ein Remake:

•

Wolken überm Magellanschen Strom

wie ein Kuckucksweber
Zusammenhänge sehen
die Vielheit in der Bewegung
in der Fülle in der Leere

MIT HÖLDERLIN WACHEN

lachen und Welten in die Pfeife stopfen
süssen Wein trinken
LUST UND LEBEN LIEBEN

•

Eine Balance zwischen Sinnlichkeit und philosophischen Gedanken zu finden ist eine suberbe lyrische Angelegenheit. (Da erweitere ich meine eigene Lyrik.)

•

Auf den Notenlinien des Seins
begegnen sich Hydrozoen Oboen Li Tai Po
Kiergekaard Feuerschlucker Salamander
entfesselte Gegensätze des Chaos
eine verschattete Vollkommenheit

ALL DIES ZU SINGEN MIT DIR

•

Soeben las ich Dein Mail. Mich freut, dass Du meine neue Lyrikserie magst. Das Seinsgefühl macht sich bemerkbar, aber niemals einfach ALS GEIST SCHLECHTHIN, sondern immer in der *sinnlichen* Vereinigung der Gegensätze, die Mikrokosmisches und Makrokosmisches im gleichen Atemzug einbezieht.

Es geht mir immer um die Position des Menschen in einer *Ganzheitswirklichkeit*. Ich schreibe nicht hermetisch verschlüsselt, «kryptisch», wie mich der Realist Albert Rutz eingeschränkt einzustufen sich einbildet, doch sehr wohl habe ich SURREALE ELEMENTE; ich liebe den Surrealismus und pflege ihn als Post-Surrealist, das schon. Das Surreale schafft FREIHEITEN, die ich liebe, die ich suche.

Doch immer bin ich WORTMALER, **brenne** voll mit den Menschen, mit den Geschöpfen, die ich liebe.

Die Literaturredaktion des Radios wird nicht auf meine Gedichte eingehen, weil ich nicht in ihr Konzept passe, so einfach gestrickt ist die Medienwelt.

Es geht mir in der Lyrik darum, ZUSAMMENHÄNGE ZU SCHAFFEN, ZU SEHEN, die nur in der Inspiration, im Traum, *in der Fantasie* erkennbar werden können. Und Du weisst, die FANTASIE ist in meinen Augen das entscheidende Konstituens aller grossen Kunst.

Fantasie als Improvisation des Seins in **all** seinen Erscheinungen, um das gehts mir. Sein als Fantasie, als Widerspruch in sich (angesichts der Möglichkeit des Nichtseins), als ekstatische Rhapsodie der Lebenslust, der liebesaufgelösten Umarmungen mit Käfern, Lurchen, Fischen, Nachtfaltern, Wiesenkerbel, Kometen und Meteoren, Milchstrassen, Kunstäusserungen – und immer auch eingefühlt in den Puls des Menschen, bei der Körperwärme eines Freundes, in der Musik.

((Meine Autobiografie könnte heissen *«Die Lust der Fantasie»*.))
• * *

Das Buch (Lowry) habe ich bezahlt, die Schulden zur Nachbarin sind noch offen.

• * *

HERRLIGG: Wir sind uns, Ludwig, denkerisch nahe, eigenständig anders. Das ist doch so toll! Freundschaftlich schön. Menschlich bereichernd.

Ich freue mich auf Dein neues philosophisches Werk. Da wird der Zackenbarsch aber wieder was zu sinnieren bekommen.

Ganz herzlich grüsst

der alte Paul

Lieber Ludwig

Jetzt stecke ich tief in Joseph Roths Romanen, die mir ausserordentlich gut gefallen, ja geradezu mitreissen. Und in Oskar Loerkes Tagebüchern, die ein sehr hohes Niveau haben. Und bei Gedichten von Christine Busta.

Ich denke mir, Du liest kaum mehr Romane, konzentrierst Dich auf die Philosophie, die Esoterik – auf Deine Bücher. Das ist doch auch gut. Für Dich ist der GEIST schon lange, lange absolut dominant geworden. Das beeindruckt mich sehr.

Wegen *«Sumpfblütenauge»* war ich in der Druckstube, werde wohl nächste Woche einen Kostenvoranschlag bekommen. Dieses Opus besteht bloss aus zwei A4-Blättern (gefaltet, klammergeheftet), Auflage: 25 Exemplare. Dazu kommt der Arbeitsaufwand – doch alles wird gewiss massvoll sein. Ich informiere Dich, Dich nochmals anfragend … ((Es sind 26 teils sehr kurze Liebesgedichte.))

Die Kantonsbibliothek St. Gallen hat letzthin von 28 meiner Titel bei BoD je drei Exemplare bestellt, also 84 Exemplare gekauft. (Ich gab ihr die Liste.)

Geht sonst noch ein klein bisschen im Verkauf bei BoD? Das kannst Du doch einsehen, ja? Wie verhält es sich da?

Du schickst mir noch drei (oder vier? Ich weiss es nicht mehr) Freiexemplare von «Tanz in der Muschel», das freut mich, dafür danke ich jetzt schon. Bei Ex Libris werde ich (zu 20 Prozent Rabatt, portofrei geliefert) für den Anfang noch drei Exemplare bestellen, damit mein erster «Ausstoss» freie Fahrt aufnehmen kann. Vielleicht kann ich im Kulturcafé hier noch was zum Lesen und Kaufen auflegen. On verra. (Sie sehen eigentlich «Erstkünstler» vor, da falle ich aus dem Raster.)

Ich freue mich auf Dein «Dem Sein geweiht». [Es wird gewiss meinen Herbst und Winter erwärmen.]

«glücklich gesund seinsbewusst»: Diese Devise von Dir habe ich an meine Zimmertür geheftet, überfliege sie einprägsam täglich/nächtlich vielmals. Sie wirken!

Ich wünsche Dir herzlich einen guten Sonntag: gesund und schöpferisch.

Paul

Lieber Albertulus

Ich erinnere mich vage, dass Du vor vielen, vielen Jahren einmal mich beschriebst, eine Charakteristik über mich entwarfst – und ich jubelte auf, sagte (in etwa so): Du erkennst mich ja besser als ich mich selbst. Das war jene Zeit, als Du sagtest, in hundert Jahren wird es eine Briefmarke von mir geben. Und Du meine Gedichte mochtest. (Wenn nicht alles Geflunker war.)

Das war noch nicht jene (fast erst kürzlich) vergangene Zeit, als Du schriebst, meine Gedichte seien keine Gedichte und ein Lyriker werde ich nie.

Nun, wir verwandeln uns, dürfen uns wandeln. Zentripedal, zentrifugal.

Ich stelle fest (stellte schon längst fest), dass Du mehr und mehr Realist wurdest (wirst), ich mehr und mehr Surrealist.

Das Leben, die menschlichen Beziehungen sind ein Hokuspokus, sehr kurz alles – und bald ist alles verschwunden. Doch ich liebe dieses nicht definierbare Flitterflattrige unserer paar Augenblicke, ist doch (vielfach) schön.

Mir gefallen Deine schwungvollen Notate aus Deinem Leben sehr; was Du über mich sagst (und letzthin sagtest), finde ich überflüssig, weils auf verwunderliche Art nicht stimmt.

Es wäre mir lieb, wenn Du mich nicht «benotetest», denn es springt ins Auge, dass Du den Notenschlüssel für mich verloren hast. Deshalb klingt es «daneben» ...

Dass auch ich Dich nicht (ganz) treffe, nehme ich ohne zu zögern an. Systole, Diastole.

Wir erkennen uns selbst niemals, dennoch gilt es, ein paar Stolperschritte aufs «Erkenne dich selbst» zu machen. Das finde ich fantastisch!

Liebe Grüsse

Pablo

Lieber Ludwig

Danke für Dein Remember, dass morgen ein Feiertag ist, Allerheiligen; hab ich total vergessen, ich merke halt nichts, dass wir in einem allerchristlichsten Staat leben ...
Du hast mir einen so guten Brief geschrieben.

Quanten widersprechen der klassischen physikalischen Mechanik, den herkömmlichen physikalischen Gesetzen, was aber nicht heisst, dass das materielle Weltbild im Eimer ist – es ist anders, komplexer geworden.

Auch in einem geistigen Erkennen darf das nicht ausgeklammert werden. Quantenphysik **und** Weltsein in der geistigen Potenz: wie Yin und Yang, sich ergänzend. Du wirst das aus Deinem Glauben angehen. (Jeder Glaube schliesst einen andern Glauben aus, deshalb mag ich überhaupt keinen Glauben.)

«Bewusst» – «unbewusst» ist ein Begriffspaar, nicht zu trennen. Das sage ich als alter Psychologe (der tief ins Menschsein hineingeschaut hat.) Ich nehme an, Du wirst in Deinen «Meditationen» nicht darauf eingehen, Dein alleiniges Anliegen ist, immer geistiger zu werden, auf den Geist schlechthin – auf Gott – zu. *Diesen* Aspekt zu meditieren, zu reflektieren, auf der Zunge zu kosten (ist ja schon mystisch), ist sehr respektvoll.

Die Materie ist nicht der Gegensatz, die Vorstufe zum Geistigen, sie ist eine andere Erscheinungsform des Geistigen. (Das ist nicht Deine Ansicht, ich weiss.)

Da hin und her zu argumentieren, bringt nichts, es sind Lebensgrundhaltungen, existenzielle Entscheide auch. Gewiss ist, ich bin erwartungsfreudig, Deine Meditationen zu lesen. Ich werde Deine Meditationen möglichst vorurteilsfrei zu lesen versuchen. (Doch niemand mehr in unserm Alter ist vorurteilsfrei.)

Liebe Grüsse

Paul

[Das Wort «Urteil» mag ich gar nicht, es ist mir zu nahe an «Richterspruch», Prozess usw., ich bevorzuge «Umkreisung», Annäherung, die die Entfernung in sich schliesst; eine Assymptote von mir aus.]

Der Zen-Geist ist mir schon nahe ... Das umfassende Erleben des gegenwärtigen Augenblicks. Rätselhaftigkeit ... Da sagt der Zackenbarsch: Der Geist ist ein Regentropfen.

In der Ferne
weit weit weg
auf deinen Fingerbeeren
ruht sie sich aus
die Sonne
tanzen Fische
bauen Vögel ihr Nest

aufgeschäumt

von Liebe
küsst Andromeda
die Sumpfdotterblume

DA IST NÄHE

Lieber Ludwig

Dein gestriges kleines feines Brieflein hat mich sehr gefreut.

Schade, dass ich kein Cheminée mehr habe, würde dann auch Hildegard von Bingen lesen ... (schmunzel-schmunzel).

Deine Sinnsprüche in den schönen Pendelrahmen sind stets neu und doch unverfälscht typisch aus Deinem Gedankengehäuse kommend.

Für Silvesterabend, -nacht habe ich meinen lieben Lebensfreund Marcel eingeladen resp. mache bei ihm oben einen Überraschungs-Imbiss-Tisch mit Allerlei (ohne Tischbombe und Pappnasen, hahaa).

Ich wünsche Dir einen schönen, vom Geist inspirierten Abend.

Paul

Manchmal muss man einfach weinen.

Deine Worte sind wie Dattelwein
sie kommen von weit
aus Wüsten
aus Oasen
von brennenden Horizonten her
werden Feuerbälle
fallen in schwarze Löcher
IN DEN RISSIGEN
SCHMERZKERN
DER LIEBE

Paul Gisi

•

Lieber Ludwig

In dieser Weihnachtszeit habe ich wiederum in Deinem «Dem Sein geweiht» gelesen. Dein Schreiben ist sehr funkelnd. Schön, fremd, nah: alles.

Soeben kam Dein Mail: Du, Deine Bilder sind ekstatisch schön. Du schriebst mir: «Unverkennbar Gisi. **Noch fantasievoller und radikaler.**» Diese Bemerkung macht mich glücklich, ich danke Dir. Da erkennst Du mich, siehst mein Wesentliches! Denn nur das ausufernde Fantasievolle und KUNSTLIEBESRADIKALE sind es für mich wert.

Herzlich grüsst Paul

Lieber Ludwig

Höre von Charles Gounod «Messe solennelle en l'honneur de Sainte-Cécile». Werde glücklich.

Lieber Ludwig

Gestern am Heilig Abend war ich längere Zeit bei Marcel oben, dann sah ich bei Google «sabadell beethoven 9», worauf Du mich hinwiest; es ist wirklich ein zauberhaftes Video, ich kannte es bereits, doch es riss mich wiederum mit, begeisterte mich.

Gestern bekam ich einen handgemalten und handgeschriebnen Brief von Marco, ein menschliches Wunder, dieser Mensch! Er endete «mit ganz vielen lieben Grüssen und Küssen». Ich war überwältigt!

Als Nachfolgerin meines Hausarztes, der die Praxis aufgibt, habe ich bereits eine Ärztin. Sie schrieb mir, dass sie sich freue, mich zu ihren Patienten zählen zu dürfen. Ich bin erleichtert, dass das so gut ging.

Ich Zwerg lese viel wie ein Riese! Zu lesen zu lesen zu lesen macht mich total närrisch wahnsinnig süchtig besessen, dazu Musik hören, meist Klassik oder Romantik, Wein trinken, Pfeife rauchen, Hustenreize wegen der Räucherduft(gestank)stäbchen bekämpfen – und dann und wann das, was ich am allerliebsten mache: ein Gedicht schreiben.

«Flammenarme.

Liebesgedichte»

«Zu Weihnachten» hatte ich natürlich wiederum viele, viele Gedanken.

Liebe Grüsse und eine wunderbare Zeit wünsche ich Dir, Ludwig.

Ich liebe mich in der Windform, liebe mich in der Baumform. In der Mädchenform. In der Fischform. In der Sonnenform. Doch man traue mir nicht, ich liebe keine Formen.

                pg

Sich fallen zu lassen in den Oboentönen der Nacht
aufzuwachen in die weite befreite Orientierungslosigkeit
Galaxien ein- und ausatmen
    vergessen
      sich nicht mehr erinnern können
        was die Wellen flüsterten
          die Winde sangen
            der Himmel verschwieg
          ineinander sich entfalten
            leise
      sich finden sich verlieren
                pg

Lieber Ludwig

Du hast mir so gute Worte zu Weihnachten geschrieben, mein Herz nahm sie fest auf.

Auch ich wünsche Dir nur das Lichtvollste, Schönste, Befreiendste des Geistes.

Liebe Grüsse

Paul

N. trat vors Haus, um zu sehen, wie das Wetter war. Der Himmel brannte, durch die Luft jagten sich Saurier, Wolken frassen ganze Städte auf, Kontinente versanken ohne Klang und Bang, rachitische Wälder torkelten strassauf, strassab, das ist aber ein schönes Wetter heut, sagte N., da will ich wandern gehn, einen Regenschirm brauch ich bei dieser Klarheit nicht.

Manchmal war es wirklich so, dass es fast *geschah,* es lag in der Luft respektive die Luft stand still oder die Luft bewegte sich, wo es nicht ersichtlich war, warum sie sich hätte bewegen sollen, die Vorerwartung des *Geschehens* kündigte sich an, alles wies darauf hin, obwohl sich N. nicht im Klaren war, wie er auf diesen Gedanken habe kommen können, denn konkret gesehen ist noch nichts *geschehen,* was aber als raffinierte Finte, als unüberschaubare Täuschung gesehen werden muss, dennoch spürte N., dass es nun bald *geschehen* könnte, was, wie die Dinge nun mal sind, unvermeidlich eingestuft werden muss, obwohl es auch da keine Sicherheit über das Vermeintlich-Unvermeidliche gab, doch dass DAS nicht *geschehen* würde, da sich nun alles so entwickelt hat, wie es bin anhin sich entwickelt hat, muss auf Treu und Glauben ausgeschlossen werden, schliesslich gilt es etwas zu wagen, N. blieb auf der Hut, argwöhnisch, gelassen, er fasste sich zusammen, schaute umher und stellte verwundert fest – es geschieht nichts.

Lieber Ludwig

Hier und hiernicht die Sonne
                     das Ausweglose
hier und hiernicht das Irresein
                     tanzend du wirst nicht fragen
hier und hiernicht die fremde Umarmung
                     als ob
hier und hiernicht hinter den Stunden in den
                     Nischen die niemand kennt
                     du wagst es
hier und hiernicht Angstrisse Hirnrisse
                     es bleibt
hier und hiernicht der rote Wein der rote Traum
                     das Rot das nur Rot ist
da und dort nirgends
hier und hiernicht

•

Die seltsame Bewegung in der Ruhe
die seltsame Bewegung ausbalanciert
die seltsame Bewegung nicht hier nicht dort
                             fragwürdig ohne Gewicht
                             nicht erreichbar
die seltsame Bewegung die nicht vorwärtskommt
                             es gibt keinen Grund
                             vorwärtszukommen
die seltsame Bewegung in deiner Hand
offen leicht wie Blumenduft

                                    Paul Gisi

•

Rot, Grün, Gelb, G-Moll, fis-Dur, crescendo, decrescendo, Dampf, Kristall, wann ist der Zeitpunkt gekommen zu lieben? Schenk ruhig weiter Wein ein. Stürze, stürze nieder.

Hauptsachen sind belanglos.

Lieber Ludwig

Geistliche Musik von Vivaldi in meiner Welt: so schön! Ich lese immer wieder in Deinem Buch «Dem Sein geweiht».

Du wirst gewiss an einem neuen Buch schreiben; ich werde alles von Dir lesen, auch wenn meine Verwunderung recht gross ist.

Konntest Du inzwischen irgendwo Bilder von Dir aufhängen lassen? In einem Heim, einem Spital, einem Bahnhof, einer Bank, im Unesco-Gebäude, in einer Galerie, in einem Museum, in einer Kirche, in der elsässischen modernen Wallfahrtskirche (Chapelle) Notre Dame du Haut von Ronchamp von Le Corbusier – dort passten sie spirituell genau hin!!

Albert schweigt wiederum, er entdeckte wohl eine Laus in meinen Briefen, die ihm jetzt über seine Leber kriecht. Dieses eitle Menschenkind ist alleräusserst heikel, dazu recht altersgrantig geworden. Puuuh! Nun wird er bald 70 und hat kein Werk, nur seine Reisen und Bierlokale.

Vielleicht kommt sein Tagebuch einmal gross heraus (ich glaube nicht daran), wie es auch sei, ich werde das nicht mehr erleben. Ich schrieb ihm, er müsse vierzig bis fünfzig Verlage gleichzeitig bombardieren, wenn er ein Schriftsteller sei. Wenn sein Tagebuch was taugte, brächte es dann schon ein Verlag. Er kann grossartige Prosa schreiben, ist aber träge, faul wie ein Faultier. Schade. (Von der Zusage eines Verlags bis zum Erscheinen eines Buchs vergehen in der Regel drei Jahre.)

Zu schreiben ist knochenharte Herkulesarbeit, das ist nicht Albertchens Sache, er reist viel lieber mit dem GA in eine Ausstellung irgendwo und trinkt abends seine ungezählten Bierchen. (Das ist alles in allem bildungsbürgerlich, unschöpferisch.)

Früher dachte er gut von meinem lyrischen Schreiben, seit langem schon reisst er alles nieder. Henu, was für ein Narr.

Albert verbannte alle meine Bücher in eine Kiste im Estrich; er holte sie wieder herunter, meinte aber dazu, viel zu viel Papier. So intelligent, toll das, vraiment! (Daraus spricht, psychologisch gesehen, interpretiert, auch sein Neid, doch Neid finde ich grenzenlos unpassend, sehr dumm, lebensblind. Ich war mein ganzes Leben niemals neidisch auf irgendwen, eine Kratzdistel ist keine Palme, das ist doch gut.)

Ich bin froh, dass Du so bist, wie Du bist, lieber Ludwig.

Herzlich grüsst

Dein Paul

Lieber Ludwig

Deine letzten Briefworte auf Deinem schönen Kärtchen und im Mail waren wunderbar, tief, sensibel und einfach so gut, ich danke Dir herzlich dafür; sie fielen auf den Grund meiner Muschel.

In Intensitätsblitzen formt sich immer wieder Neues in mir.

•

Denkerisch weit welterkundend
auf Wellenkämmen des Gefühls
in die *Erkenntnis durch Abgründe*
stürzen fliegen sich aufschwingen auflösen
zerschmettert werden

GONG BIN ICH
   Traumlabyrinth Feuerkugel
   Täuschung der Ufer
   Orientierungspunktewirrwarr
      bleiben wir erregt
      von Wahnideen
      Verschwendungen
   Tumulten
     schaufeln wir das Vergessen zusammen
im fernen verzaubernden Untergang

(Geschrieben nach der Lektüre und Bildbetrachtung von Henri Michaux)

•

Henri Michaux liebe ich sehr, seine Bücher, seine Bilder, seine Welten.

•

Ich wünsche Dir einen guten Flug durch die Nacht.

Herzlich grüsst

Paul

Marcel hatte schlimme Krankheitstage und -nächte; heute war ich, ihn begleitend, notfallmässig bei Dr. L in Gossau, er ist ein feiner, sympathischer Mensch, Marcel kommt recht gut mit ihm aus. Dr. L. kam zu mir, fragte mich einiges, dankte mir, dass ich Marcel begleitet habe. Das ist eine schöne, menschliche Geste von ihm.

Kafkas Briefe an Felice legte ich zur Seite, sie behagten mir nicht so recht. Jetzt vertiefe ich mich wiederum in den Briefwechsel von Rainer Maria Rilke und Lou Andreas-Salome.

Und was für ein Wunder zu Beginn dieses neuen Jahres: Marco, der extrem Schreibunlustige, hat mir nach seinem Kärtchen vor ein paar Tagen (selbst gemalt) heute ein langes Mail geschrieben: so schön!

Viele Probleme türmen sich auf.

Mein Herz ist weh.

Liebe Grüsse

Paul

Lieber Marco

Dein mitteilsames Mail hat mich riesig gefreut, ich danke dir herzlich.

Ludwig Weibel ist seit vielen, vielen Jahren ein guter Freund von mir, jetzt ist er 89-jährig, er wohnt in Gossau SG. Er ist Esoteriker, Anthroposoph und Seinsphilosoph, hat ein gigantisches Werk publiziert; zudem erstellt er wunderschöne Grafiken (Pendelbilder) – meine letzten Bücher hatten fast alle Grafiken von ihm auf dem Buchumschlag.

Meine Briefe an ihn sind zum Hauptteil bereits in vier Büchern erschienen:

- **«Fulminantes Weltverständnis»**, 2018,
- 230 Seiten
- **«Eruptive Gisiaden»**, 2018, 214 Seiten
- **«Quasare tanzen wie Fliegende Fische»**, 2020, 280 Seiten
- **«Zackenbarschiaden»**, 2022, 156 Seiten

Ludwig schrieb mir, er habe meine Briefe an ihn aus dem Jahr 2022 gesammelt, es sind über 600. Wow! Er würde sie gern publiziert sehen, womit ich (zögernd) einverstanden bin. Er meint, das ergäbe zwei Bände. Er wird sie mir bald elektronisch schicken, und ich werde sie korrigieren, lektorieren, das heisst im Klartext: recht kürzen. So werden sie komprimierter, dichter, was doch gut ist. (Alle fünf oder sechs Briefbände werden zusammen gewiss über 1000 Seiten haben, brr.)

Da muss jemand schon Feuer fangen, um all diese Briefe zu lesen, sapperlotnochmals. Sie werden bei Books on Demand BoD erscheinen und bei ca. 900 Online-Shops,

Buchauslieferungen, Buchhandlungen etc. angezeigt. Alors, eine verrückte Sache!

Volle Fahrt voraus!

Übrigens: ich bin, was dir längst klar ist, ein passionierter Briefschreiber. Seit ich ca. 16 Jahre alt war, schrieb ich Vieltausende Briefe (bekam auch Tausende), an viele Menschen: Dichter, Wissenschaftler, Psychologen, Historiker, Maler, Schriftsteller, Lyriker und Lyrikerinnen, Musiker und einfach an ganz tolle interessante Menschen in ganz Europa. Es gibt Briefempfänger, die mehrere Bundesordner, grosse Schachteln voll von Briefen von mir haben. Das Meiste wird natürlich Makulatur (Altpapier) werden, macht nichts, es ging, geht mir um den Augenblick, den Akt des Schreibens. Das zählt! [Ich schrieb über 50 000 Briefe.] Briefschreiben war, ist eine existenzielle Art für mich zu kommunizieren. ((Vermutlich bin ich der grösste zeitgenössische Briefschreiber.))

Ich hatte Vieltausende von Briefen, teils von berühmten Menschen, in drei grossen Eierschachteln; beim Zügeln von Lutzenberg nach Staad vor einigen Jahren ging dummerweise, fälschlicherweise alles bachab, wurde auf den Abfall geworden. Das muckst mich heute noch ...

Es gibt aber gotteidank ein paar sehr grosse Briefsammlungen von mir in der Schweizerischen Nationalbibliothek (an Claudia Vamvas, Olivarius, den Lyriker Felix Güntert im Tessin), in der Zürcher Uni-Bibliothek, in der Leipziger Nationalbibliothek, in der Innsbrucker Universitätsbibliothek. Der Briefschreiber Gisi wird nicht sang- und klanglos untergehen (auch wenn vieles untergehen wird) ... Macht nichts.

Vieltausende von sehr langen Briefen an Albert Rutz, den ehemaligen Bibliothekar an der Universität St. Gallen, Tagebuchschreiber und Weltreisender, einst ein guter Freund, werden wohl untergehen, er mag mich und mein Werk zurzeit nicht mehr; eine Beziehung ist eben keine Konstante, sondern eine Variable.

Eine Diplomarbeit über mich wurde von einer Germanistikstudentin auch schon geschrieben. Zeitungsrezensionen hatte ich viele. Vorlesungen gab ich in Zürich (mit Mary Lavater-Sloman, einer weltberühmten Schriftstellerin), in Luzern, zweimal in Bern, mehrere in St. Gallen, in Heiden und Rheineck.

Vorzulesen war eigentlich für mich immer ein Fest, möglicherweise habe ich das Publikum «berührt». Jetzt wäre ich nervöser (und unsicherer) ...

Einmal durfte ich in «Radio aktuell», dem St. Galler Radio, vorlesen; einmal sprach im Schweizer Radio eine Schauspielerin Gedichte von mir, das war ein tolles überraschendes Erlebnis, mich von einer Profischauspielerin zu hören, ich staunte, dass ich das geschrieben habe. (Das Radio zahlte fantastisch gut.)

Ich bin in einigen Lyrikanthologien (-sammlungen) im ganzen deutschen Sprachraum vertreten. In Deutschland und Österreich wurden schon akademische Vorlesungen über mich gehalten.

Als ehemaliger Lehrer konnte ich «auftreten»; ich habe seinerzeit im Lehrerseminar Schauspielunterricht (mit Sprechtechnik) genommen ... Tempi passati, vergangene Zeiten! Jetzt müesle ich fast etwas wie ein provinzieller Plemplempfarrherr, o weh.

Übrigens: meine <u>erste</u> Publikation war 1969 eine Schallplatte (erschienen bei Hug), ich war 19-jährig), ein Schauspieler rezitierte Gedichte von mir, ein Pianist spielte zwischendurch Klavierstücke. (Wurde inzwischen eine gesuchte Rarität.)

Von mir gelesen gibt es ein grösseres Tondokument, vielleicht habe ich die Kassette noch (ich weiss es nicht mehr), die paar wenigen CDs davon sind in alle Winde verstreut.

Ich las viele, viele Tausende von Büchern, was für eine Lust. War an Vorlesungen, Konzerten, in Opern in Basel, Zürich, München, Paris, Montpellier, Avignon usw. usw. Besuchte unzählige Museen und Galerien. Hatte einmal zwei Hunde (einen Collie und einen Afghanen) und ein eigenes Pferd, reiste in Europa viel umher. Und arbeitete wie nebenbei in diversen Berufen, meist hundertprozentig, teils teilzeitlich. Wohnte in verschiedenen Kantonen.

So, Marco, lieber Freund, nun habe ich aber kräftig aus meinem Nähkästchen geplaudert (lass bitte Bettina mitlesen!).

Jetzt arbeite ich an meinen Liebesgedichten *«Flammenarme»* (es knarzt und knorzt. Ich bin wie in einer Sackgasse.)

Meine Gedichte halte ich FREI von allen gesellschaftlichen, politischen Annäherungen. In meinen **«Sätze»**-Bänden gehe ich verschiedentlich darauf ein. Unter «Sätzen» verstehe ich Aphorismen, Kreuzundquerrübengedanken, biografische Notate usw.; es sind wohl über fünfzehn Büchlein (oder eher mehr, ich weiss es nicht genau), gesammelt ergäben sie über tausend Seiten: es wäre ein Novum! (Eine Sensation.)

Ha, lach mich ruhig ein bisschen aus, weil ich die Übersicht über meine Publikationen etwas verloren habe. Bei über 130 Opus-Zahlen darf das doch menschlich sein, ja?

Ich durfte das werden, was in mir angelegt war. Mein künstlerischer, lyrischer Sound ist unverwechselbar. Und das ist doch was.

Und dann müsste ich noch von meinem erlebten Leben schreiben. Ich liebte viele Menschen, wurde von vielen geliebt. Vielleicht lebte, lebe ich fünf Leben. Ich hatte immer für alles und alle Zeit – Zeit ist eine arge Täuschung, es geht um die Intensität, die Leidenschaft.

Marco, ich bin glücklich, dich als Freund zu kennen.

Liebe Grüsse an Bettina. Dich, lieber Marco, umarme ich ganz, ganz herzlich.

Paul der Zackenbarsch

Lieber Ludwig

Den Briefwechsel zwischen Rainer Maria Rilke und Lou Andreas-Salome lese ich sehr gern. Mir geht erneut auf, dass Rilke in der Dichtung DAS Genie des letzten Jahrhunderts war, der das deutsche Gedicht auf einen absoluten Höhepunkt führte (gesagt mit Gottfried Benn). Ich will Rilkes Gesamtwerk neu lesen (es ist mit Goethe das am besten dokumentierte und kommentierte Werk der Weltliteratur); ich habe eine grosse Sekundärliteratur über Rilke in meiner Hausbibliothek. Zudem habe ich viele, viele Brief und mehrere Briefwechsel von Rilke.

Ich will nun (wie in meinen jüngern Jahren) einen Leseschwerpunkt auf Rilke legen. Ich beginne zu bemerken, dass er sich mir in eine grosse, weitdimensionierte Öffnung hinein neu erschliesst und mit Begeisterung überstürzt.

[In meinem eigenen lyrischen Schaffen beeinflusst mich das betörende rilkische Element nicht, da ist das gisische Element in mir zu sicher und längst gefestigt.]

Ich werde Dein Buch «Dem Sein geweiht» in diesen Nächten zu Ende lesen; ich habe schon viel darüber geschrieben, so dass es mir jetzt nicht möglich ist, Neues dazu zu sagen. Ich denke schon, dass es in *dieser* «Sparte» (über die nur schwer zu schreiben ist, da es nichts Vergleichbares dazu gibt) eine profunde überragende, bedeutende Stelle einnimmt, absolut in sich stimmig und veranlagt, weit wirksam zu werden, wem es möglich und gegeben ist, sich Deinem Intensivum, Deinen Intentionen, sinfonischen GEIST-hypersensiblen Anregungen, die wechselnd autoritär streng belehrend sind und dennoch immer wieder zugleich sanft, mild), Deinen seltsamen, weil nicht leicht zugänglichen Meditationen (die aus einem festgefügten Glauben heraus kommen), dennoch Deiner Kühnheit, Deiner Spiritualität zu öffnen. Du bist wie eine Sonne.

Die sehr, sehr verwunderliche Einmaligkeit des Inhalts in «Dem Sein geweiht» wird von der Einmaligkeit Deiner etwas zeitfremden, aber wunderbar ziselierten Sprache, Deines enorm grossen Wortschatzes, Deiner abwechslungsreichen Sätze nicht nur in einer Einheit erreicht, sondern noch übertroffen. So werden die religiösen Erbauungsmeditationen zu Kunstwerken, was mich besonders anspricht.

Liebe Grüsse

Paul

29. 12. 2022

Lieber Ludwig

Jene Deiner Sinnsprüche gefallen mir am besten, in denen ERKENNTNIS geschieht.

Auf dieses Jahresende möchte ich Dir nochmals für alles, alles tausendmal herzlich danken, was Du für mich gemacht hast, für Dein freundschaftliches Zumirstehn.

Es war für mich ein sehr intensives Jahr, ich erlebte viel Helles und das Dunkle fehlte auch nicht. Und schöpferisch, lyrisch ein sehr gutes.

Fürs neue Jahr, lieber Ludwig, wünsche ich Dir existenziell Gutes, Schönes, Gesundheit.

«glücklich – gesund – seinsbewusst»